黃春明作品集

09

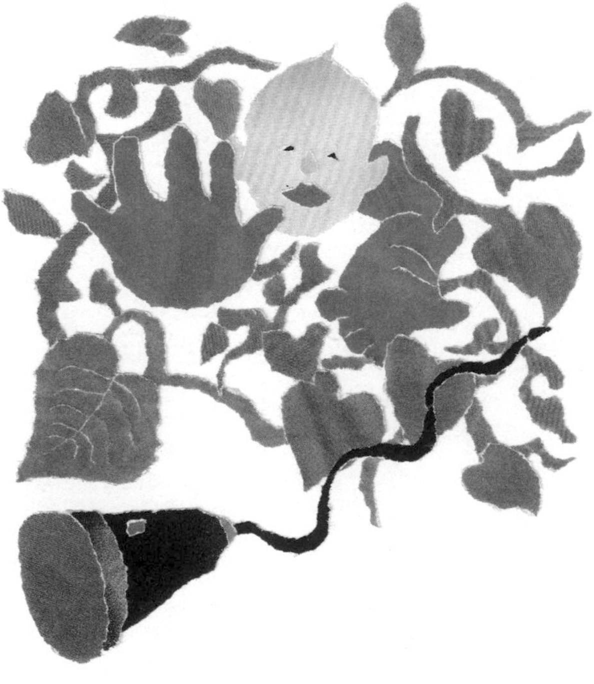

黃春明作品集9

聯合文叢
482

毛毛有話

◉黃春明／著

目次

黃春明作品集

目次

目次

黃春明作品集

「有話」在先

黃春明

任何活著的人，縱然是自閉症，他對自己，對環境都有話要說；只是不一定張合雙唇，鼓動舌頭，發出約定俗成的聲音。嬰兒也不例外，他哭，他笑，一定都有他的意思。

《毛毛有話》是把一個出生到週歲的嬰兒的話，翻譯過來罷了。誠然他的話只是爲他本能的需求，然而沒想到，竟然也可以聽到他，對大人的世界：家庭、社會、國家，提出深刻而客觀的批評。

借助一個嬰兒的眼光來看世界的構想，是二十多年前讀到《我是嬰兒》日文版的書而來的。作者是日本一位小兒科醫生松田道雄先生，他很看不慣當時日本的年輕媽媽，把育嬰指南之類的書，當成育嬰的聖經。所以他以一個出生的嬰兒到週歲的成長過程，對嬰兒所遭遇的事的反應，化成言語呈現出來。我覺得這個構想很好，但是內容和社會背景，和我們臺灣很不一樣。經我徵求松田道雄先生的同意，借用他的構想，改寫成現時的臺灣。

謝謝松田道雄先生慷慨，他說書一出來，送一本就好了。

一九九三年九月一日　芝山岩

產科醫院

嗨！我是毛毛。

我是昨天才出生的，眼睛還看不清楚什麼；就如鄉下老媽子說的「還沒開目」，但是耳朵卻靈得很。產科醫院裡面發生的聲音，我差不多都可以聽得見。首先我聽到爸爸和媽媽緊張地請教護士小姐說：

「我們的嬰兒為什麼身上長那麼多的細毛？看！連臉上也是。」

「那叫胎毛，只是你們的寶寶特別多。沒關係，慢慢就會消失。」

「真的？」爸爸聽了之後，笑著說：「害我嚇了一跳。看你這個毛毛。」

就這樣，他們就叫我毛毛。

這位護士走起路來腳步很重。我猜那一定是一位平時愛吃零嘴的胖妞。果然不錯，不一下子的光景就讓我猜對一半。我聽到她叫住路過我們病房，不！呸！呸！這不能叫病房，我們又不是生病來住的。叫產房，也不對，產房是產婦生嬰兒的地方才對。我都生出來了，住在這裡休息，應該是臥房。對了，護士叫住路過我們臥房的奧巴桑，問她有沒有替她買洋芋片。大概奧巴桑亮給她看了，只聽見她急著抱怨說：「唉！我給你說過了，我要的是奶油口味的那一種。怎麼辦？」

爸爸聽了之後，禁不住笑出聲來。媽媽緊接著噓了一聲，才止住了爸爸的笑聲。但是爸爸的冒失還是叫護士聽見了。她離開臥房的時候，關門的聲音把我嚇哭了。

嘈雜是我最最不能忍受的，這時候的媽媽也跟我一樣需要安靜。昨天媽媽生下我來的時候，可不是像母雞生蛋那麼乾脆。她痛苦地呼天搶地，折騰了半天，可真辛苦了她。我呢，許多人把母親生產的痛苦，都怪罪我們嬰兒，以為我們是孫悟空大鬧子宮，其實我們也不好受。這件事是大家共同的經驗，只是大家健忘得這麼一致。生產時刻一到，胎內的壓力越來越大，要不是十個月練就了胎兒功，恐怕早就窒息。一捱到羊水破了，就得順水出頭，不然是會要命的啊。但是通往外面的人世間，卻是一道多功能的窄門；它一邊嚴格地要求啟發母性，一邊莊嚴地行使考驗小生命的起始儀式。就在那門檻，進退維艱，那滋味可不是好受。總而言之，嬰兒一旦出生，母子都累到極點了。所以那笨重的腳步聲，重重的關門聲，我們都會受到騷擾，我甚至於會被嚇哭。

別笑我膽小鬼。不要忘了，我是昨天才出生的哪。我一哭，新任的媽媽就急得團團轉，慌張得不知所措，動不動就按鈴叫護士。這位胖護士一來，我又有腳步聲可聽，媽媽又有白眼可看。其實只要給我安靜的環境，我是不會亂哭的，除非我的尿布濕了，或是肚子餓了。

好容易屋子裡面才安靜下來，外面又變得吵吵鬧鬧。其中最叫人討厭的是叫賣車，遠遠就聽到擴大器，唱著什麼……三分天注定，七分靠打拚，愛拚才會贏。歌曲一播完，接著就是一連串叫賣，叫嚷著說明土窯雞是多麼好吃，四物仔雞又是多麼的滋補。賣雞的走了，接踵而來的是叫不停的修理玻璃。這樣的叫賣車，停在誰家的門口，誰都不會愉快。

叫賣車走了，現在輪到親戚朋友來祝賀，每一個人都想看看我這個小親戚。有一位叫什麼婆的最肉麻，她為了討爸爸媽媽開心，就說我長得真帥，鼻子像爸爸，眼睛像媽媽。這怎麼可能？我的皮囊還鬆鬆的，五官差不多還縮在一起。像我們才出生的嬰兒，說大致上像老公公也不為過。要過一陣子，像氣球充了氣，五官才會展開，那時候說我像誰還差不多。

還有一位親戚也是值得介紹，他是我的大舅子，他抱著我竟然衝著我的臉打噴嚏。要是噴嚏帶病菌的話，叫我怎麼辦呢？剛出生的嬰兒患感冒，是很容易得肺炎的。這位大舅子在上生理衛生課的時候，一定在偷看武俠小說。

總而言之，這種以營利為目的的私人產科醫院，有點像小菜市場，進進出出的人不少。院長老闆應該在臥房區，像建築工地掛個「工作重地，閒人免進」的牌子。不過這樣的做法，可能叫一般人感到不便，而影響醫院的生意。醫院這種行業為了賺大錢，也就不能免俗，說好聽一點叫做經營理念：「沒有不是的顧客，服務至上。」

這兩天最常聽到的聲音，算是臨時特別護士的奧巴桑們的喋喋不休。她們經常三兩個在一起，對醫院裡的人品頭論足，替人打操行分數。

說什麼六號房的太太是吝嗇鬼啦。

三號房的太太看起來比她老公老啦。

戴眼鏡的年輕醫師最愛到七號房瞄一瞄。

真討厭！為什麼對別人的生活會有那麼大的興趣呢？大概自己的生活太空虛吧。

天哪！下班後爸爸的公司來了一群同事。好吧，讓我來做個小犧牲歡迎他們，好讓他們覺得自己很有人情吧！

哇——哇——……

媽媽的奶水

一晃，我和媽媽在這個私人產科醫院兼坐月子中心，已經住了六天，照理說也該習慣這裡的環境才對。但是事實卻相反。因為這裡接二連三，發生過一些新奇的事。當然，對我們嬰兒來說，幾乎每天都是新奇。

隔壁房前天生了一個小老弟。嘿嘿，我說他是小老弟一點也不賣老，我已經生了六天了，算日子不算長，但是算算這個世界一天要生出多少人，這六天來，又有多少萬人逼我當老大哥啊。所以我說隔壁房前天生的那一個，叫他小老弟，一點也不為過吧。這位小老弟，不知怎麼的，昨天整整哭了一天，真煩死人啦，媽媽問護士小姐，說隔壁的寶寶是不是媽媽奶水不夠，鬧肚子餓？小姐卻說：

「不是，那個媽媽的奶水倒是不少。」

我家的保姆老媽子說：「有些寶寶真拿他沒法子，不管怎麼搖啊哄啊，愛哭就是愛哭。」

其實那樣的寶寶可能有點神經質，也許他真的是沒有吃飽奶水吧。這種寶寶通常他稍吃一些奶水，便覺得心滿意足地呼呼入睡，等肚子裡那一點點奶水消化了，肚子餓了，就難過得醒來哇哇哭叫。一開始哭叫便發脾氣，這時把奶塞進他的嘴裡，他不要了，本來肚子餓就難受，又要用力哭，那肚子餓得更厲害，肚子更難受，哭得不停，白天哭，夜裡哭。

真擔心他這麼用力哭，肚臍眼突了出來怎麼辦?好在他是男生，不然怎麼穿泳裝參加選美。

我家的保姆是前幾天媽媽的朋友介紹來照顧我們母子的。她對我們真不錯，做事也勤快。但是美中不足的是，她對於護理上該注意的清潔衛生漠不關心。在媽媽的奶水還沒漲滿之前，她捻一團脫脂棉花，去蘸盛在杯子裡的什麼葡萄糖水，然後放在我的口裡讓我嘰嘰地吸個飽，還不斷地稱讚我乖。可是糖水的味道固然不錯，我喜歡多吸一些，連附著老媽子指頭上的髒東西，都給我吸到肚子裡面去了。

要是老媽子的手指頭帶有赤痢的病菌的話，那真不堪設想。好可怕呀!媽媽也太大意了，大概她信守「不見為清淨」的這一句名言吧。

媽媽很擔心奶水不足，在請來專門替產婦揉乳房催奶的阿婆還沒來以前，她跟醫院的醫生商量，說好不好改為吃奶粉？醫生說：

「當然可以，不過除了情形特殊，還是吃母奶最好。」

「現在的奶粉也不錯。」

「是不錯。」醫生說。

「他們說跟母奶一樣好。」

「那是廣告上說的。」

媽媽很不服氣，接著又問：

「母奶好在哪裡？我不是不相信，我是想知道。」

醫生笑了笑說：

「因為你是小孩子的母親，懂了吧！」

這是一句很好的回答，媽媽卻似懂非懂地又提出問題問：

「吃母奶多不方便啊！職業婦女怎麼辦？」

「一個月的產假做什麼呢？」

這個醫生的看法很正確，可惜他沒能誠懇地教導他的顧客，反而把他心底對一些高唱女權的現代婦女的成見，宣洩到一般的家庭婦女身上。

我舉雙手雙腳贊成這位醫生的意見，也要補充幾句話：

媽媽的奶奶是我們嬰兒的！

不是爸爸的！

更不是要繃緊襯衫的！

那位據說用按摩就可以催奶水的阿婆也來幫媽媽的忙了，爸爸也從家裡帶來催奶食物「清燉鯉魚」來了，醫生也替媽媽打一針促進奶水分泌的藥劑了。

醫生還一邊打針，一邊對媽媽說：

「這一針打下去，過後你就有充分的奶水可以餵飽寶寶了。」他可真滑頭。他想用「暗示療法」，排除媽媽心理上的障礙，不過他不像是個惡作劇的人，當他說謊的時候，還禁不住要笑出來。

其實媽媽不必為奶水不足而焦急，因為我還沒有那麼大的勁兒去吸奶，當然奶水也就不會流出來。再過些時候，等我有足夠的勁兒吸吮，奶水的分泌自然會增加，現在實在用不著這樣急。

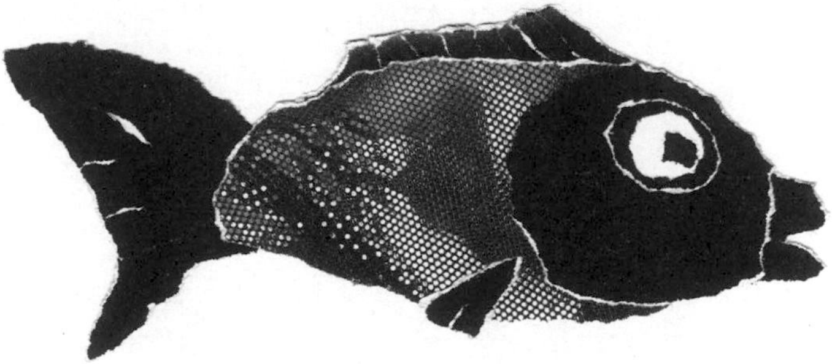

仔細一想，不論揉乳房催奶法也好，吃鯉魚清燉也好，打針促進奶水分泌也好，這些無非都是想排除媽媽心中的焦慮罷了。醫生的所謂治療說穿了，就是如此這般。當患病的人從接受醫治到康復這段期間，醫生始終設法引導病人，先脫離心理上的不安，再叫病人放心地接受治療。在這樣不知不覺中，把病人的病醫治好，這才稱得上是好醫生。假如一個醫生跟病人之間鬧得不愉快，即使把病治好了，也該算是一個庸醫的了，所以醫生和病人要互相信賴，病況容易進步的道理也在此。

媽媽信賴那位揉乳房的阿婆，這是個好現象。阿婆畢竟是一個有箇中經驗的人，她總是在媽媽面前，如數家珍地說哪些人經她按摩以後，奶水像泉水湧流不息啦，奶水多得寶寶吃不完，還幫了鄰居的小孩啦。這些成功的例子，媽媽聽了之後，她再也不為奶水焦急了，真有她的一手。一個受過醫學專業訓練的醫生懂得這一些是應該，阿婆恐怕書也沒讀吧，經驗確實是好老師。

揉乳師走了，爸爸問媽媽說：「她忘了給你錢。」媽媽一下子沒聽懂。爸爸又說馬殺雞啊！媽媽恍然大悟，隨著清脆地給爸爸一個巴掌，而兩人都愉快地笑了起來。我知道了，夫妻之間一個挨打了，還覺得愉快，這就是幸福。

社區公寓

那天，爸爸好高興地向公司請了半天假，準備帶我們回家。他在醫院裡忙進忙出，最後好像表演特技，大大小小提了四五只行李，帶我們走出醫院的門口。一到外頭，爸爸驚叫了一聲：「哇！我的車子呢？」附近的人告訴他，說車子剛剛被拖走了。

媽媽抱著我站在那裡，為爸爸緊張。爸爸走過來，輕輕地捏一下我的鼻子，笑著說：「都是你，都是你，爸爸的車子又被拖走了。」媽媽也對著我說：「你知道嗎？毛毛，好在是因為你，不然……」爸爸打斷媽媽的話說：「我不生氣你就先生氣了，還說。」聽他們的話，我好像是出生在一個很幸福的家庭吧。但願如此。

爸爸在路邊攔了幾部計程車都沒攔成。司機看到一大堆行李，大概怕麻煩都拒載了。但是爸爸還是很有耐心，遠遠看到計程車，不但舉手，還頻頻向司機大爺點頭。最後，好不容易有一部車讓我們坐進去，當司機聽我們說明目的地時，他猶豫了一下說：「對不起，請你們叫別的車好不好？我要回家，這一趟不順路。」爸爸聽了這話，差些跳起來。不過他還是跳了一下，是媽媽擰了他一下，暗示他不要發脾氣。結果爸爸改口說要給他兩百元，司機大爺才踩了油門。

沒想到臺北的車子有這麼多，多到可以踩著車頂走回家。我們的車子走走停停，一會兒開到右邊，一會兒開到左邊，我們隨著車子晃來晃去。司機邊開車，還一邊責罵外面的車子和機車。

爸爸想說什麼，卻被媽媽搶先，她小心地向司機大爺說：「司機先生，我們不急，請你慢慢開好了。我們嬰兒今天是第一次坐計程車的啊！」

司機從後視鏡看看我們，才笑著說：「噢！有貴賓啊。對不起、對不起。」然後找下臺階，「你們看嘛，他們是怎麼開車的！要拚我才不會輸給他們哪。」

到了家，計費錶才跳到七十五元，爸爸還是給兩百。車子一開走，爸爸拿起筆記車號，他說要打電話告發他。媽媽催爸爸趕快把我送到屋子裡，這才把爸爸的注意力拉了過來。

我家是國民住宅，五層樓的公寓，我們住在二樓。這種四四方方的水泥箱，以我的直覺，還是覺得產院那種木造房屋比較舒服。這種國民住宅，通常都通風不好，冬天還不怎麼，可是夏天就慘了。白天屋子裡熱得像烤箱，晚上又燠悶得像蒸籠，尤其是臺灣這潮濕重的地區，讓住在裡面的人，個個都變成李老君煉丹爐裡面的丹丸了。

另外，還有一件事也是令人費解。那就是每一戶住家的前後，都加裝了鐵窗。大家的理由都是一致的：治安不好，所以用鐵窗把善惡隔開，讓小偷和強盜在外，讓善良的百姓在內。這有點荒謬，但是都已習以為常了。我們家也不例外，我看我已注定要在鐵窗裡過活了，真不知道，到底是「育我」？或是「誤我」？大概都是吧。

我的家沒有想像中安靜。樓上樓下，前前後後，左鄰右舍，

家家的收音機，在白天百家齊鳴，吵得不得了。據説是為了防盜。不過一旦被發覺屋裡沒人，這可不是方便了小偷？頭一個想到這個辦法的人是天才，大家跟著來的是白痴。

到了晚上，電視取代收音機，再加上練鋼琴和吊嗓子的聲音，那可真熱鬧。就説三樓的太太，想將她的女兒訓練成一個音樂家。可是在這樣密集的公寓練琴，實在不大對勁。這簡直是世界人口密度最高的地方，偏要打高爾夫球的心理是一樣的，自以為特別高人一等。真是天曉得。

這還不算，我們的天花板即是樓上的地板，經過偷工減料，竟變成傳音板，上面的走動不用説，到了夜闌人靜，打牌洗牌的聲音特別清楚。樓上的牌桌，可能有一張椅子的腳動搖了；好像坐在上面的人，每次伸手到對方前面摸牌時，椅子就「咿呀——碰」的響。爸爸建議媽媽買一張椅子送他們，媽媽被吵得心都煩了，對爸爸的笑話不感興趣，害爸爸得意不起來。

由於夜裡嘈雜，我的生活方式成了陰陽顛倒，白天睡覺，晚上睜眼聽麻將。正當我肚子覺得餓，想吃奶的時候，也是媽媽他們睡得最熟的時候。每次都要我哭個半天，才能吵醒他們換幾口奶吃吃。這樣的環境，養成夜哭的習慣。沒想到，有一天晚上樓上的太太，竟然來敲門，要媽媽好好哄小孩，免得吵醒別人睡覺。好在爸爸出差去了，不然吵一架恐怕難免。不過善良的媽媽被氣哭，而我啊，我哭我的，儘管媽媽抱我在屋子裡踱來踱去，口裡催眠似的哼哼單調地哼著，有節奏地拍著我，我還是哭。「毛毛乖乖，毛毛不哭不哭，哼哼哼，毛毛哼哼哼……」甚至於急得重新哭起來，我也不領情。這種兩代同堂的家庭，男人一不在家，就像我這麼哭他一個晚上，這個家就差些垮掉。像這樣的家庭，男人不應該不在家吧。

第二天早上，樓下的太太碰到媽媽，在關心我的話題當中，建議媽媽說：「遇到嬰兒日夜顛倒時，可以弄一點安眠藥給他吃。」

「怎麼可以用安眠藥給嬰兒吃？」媽媽像被嚇著了，睜大眼睛看她。

「一點點就可以，有些托兒所帶小孩也這樣的啊。」她還理直氣壯得很。

呸！她怎麼不想想自己？她自己家的電視聲音不關小一點，卻要我服安眠藥，好讓他們安睡。真是豈有此理，欺人太甚了，我抗議！

青春痘？

兩三天前，在我的額頭和臉頰上長了類似青春痘的東西。每天一大早就抱我的爸爸，他最先發現這個現象。

「看哪！毛毛長青春痘了！」

「不要這麼沒常識，嬰兒怎麼會長青春痘？還早咧，等你頭髮變白吧。」

媽媽常把愛開玩笑的爸爸說的話當真，就是這一點爸爸時常遭到掃興。還好才結婚兩年不到，如果再這樣下去，爸爸的幽默細胞，將會統統被殺光。

「太太大人，嬰兒和老人不會長青春痘的事，我還要你來教我？這當然不是青春痘。」說著讓他又想起緊張的事。「是麻疹吧。」一提起小孩的疾病，爸爸只知道麻疹。

才對爸爸感到有點歉意的媽媽，一聽爸爸說麻疹，總算逮到辮子，可以跟他扯平了。她說：「育嬰書上說，不到五個月的嬰兒是不會感染麻疹的。」媽媽自從有了我以來，在這方面的知識上，看了不少書，完全能制伏爸爸。

「一定是什麼皮膚病。可能是遺傳性的壞病。」

「胡說八道。」一提遺傳爸爸自然就覺得是他的責任，再說，是壞病。所以他搶著說：「病就是病，哪有好病和壞病。不要以為看了書就可以當醫生。」

正當小戰鬥開始的時候，樓下的太太正上來收清潔費。她看到我臉上長的東西說：「啊！你家的寶寶和我妹妹家的一樣，都是屬於滲出性的體質，我妹妹的小孩也被這種小東西麻煩過，不趕快去看醫生，以後更糟更厲害。」

「什麼滲出性的體質？」爸爸問。

「醫生說的。」

爸爸心裡想，這又是看書和道聽塗說就要當醫生判斷病情。很多人有這種現買現賣的毛病。特別是醫療問題，如果說錯了，對方又聽信的話，那豈不是雪上加霜？

「不管是什麼，看醫生最要緊。」

「對。去看醫生，去看醫生。」樓下太太聽出爸爸不怎麼爽的口氣之後，馬上附和著。

為了看醫生的問題，也發生了一陣爭執。樓下太太和爸爸都認為這是皮膚病，主張去看社區的皮膚科醫生。媽媽卻認為替她接生的產院比較可靠，並且他還附設了小兒科。結果由於產院的小兒科離家遠，二來媽媽還體弱未恢復，爸爸又要上班，最後決定給社區的皮膚科看。

這位善心的太太幫媽媽抱我，一起到皮膚科去看病。

這家皮膚科的候診室，掛了不少彩色印刷的皮膚病例圖，每一張都叫人看得害怕和噁心。在輪號的時間，她們抱著我貼近牆，一張一張聚精會神地看，並且還不斷討論。

「一般來說，皮膚病不至於傷命，但是很麻煩，很不容易好。」媽媽說。

「討厭的是，一樣的皮膚病，別人拿來塗抹可以治好的藥，換一個人就不一定，還有啊，你說皮膚病不致人命，那就錯了。以前有好多人身上長毒瘡死的。還是要小心呀。」兩個越談越害怕，眉頭皺在一塊，好像臉都縮小一號。要不是護士小姐叫到我們的號碼，她們再談下去，恐怕眉頭都要打結了。

醫生一看到我即說：「啊！這是濕疹。你們是不是住在我們社區新蓋的雙喜公寓？」

「對！」兩位太太幾乎同時說，並露出欽佩的笑容。

「這種濕疹是新房子病，怎麼說呢？新蓋的房子，水泥要經過很長的時間才會乾，所以濕氣大，特別是在臺北盆地，裡面潮濕，外面也潮濕，小孩子容易感染濕疹。不要讓小孩子穿人造纖維的衣服，要穿透氣的棉毛之類的衣服。」

醫生只管說話，媽媽她們只管點頭。

「請問醫生，這是不是滲出性體質所引起的濕疹？」

醫生抬頭看看鄰居太太笑笑，停了一段讓問話的人覺得有點難堪時，醫生說：「濕疹的客觀條件都一樣，病患者本身的內在條件，在種類上、程度上也有種種的差別。是不是滲出性體質，我還要看看。」

不要說問話的鄰居太太，連媽媽也聽得莫名其妙，這次她們再也沒有一直點頭了。想來醫生把話說得略微專業一點，那是要教訓一下半瓶醋的人。效果好像不錯，奧巴桑不再讓人聽到她喋喋了。

醫生在我的臉上塗抹了一些白藥膏，涼涼的覺得好玩。這還不夠，還在我胳臂上狠狠地刺進一針。這是我出生以來，頭一遭遭受到虐待，所以我拚命抵抗，其實我才出生兩個禮拜，說抵抗最多只是哭哭而已。當媽媽在取藥膏的窗口付了八百元之後，還頻頻向護士、向醫生致謝，在禮貌上是應該禮多人不怪，但是付了那麼貴的醫藥費，還服服貼貼。大概是候診室牆上的圖片，發揮了效果吧。

醫生吩咐每天得去打針。啊！怎麼會變成這麼可怕的事呢？真的，對我而言，人生才第十五天，但是不知哪裡還有可怕的事情等著我哪！

這項虐待嬰兒蹂躪人權的事，持續了一個星期。我變成時常在睡夢中，驚醒而哭，因為我會感覺到利針刺入胸口的疼痛。然而我臉上的小東西，卻無視針藥，反而變本加厲，弄得媽媽非常氣惱，爸爸失眠，好慘啊！

停止打針

我臉上的濕疹，拖了一個多星期，藥也塗了，針也天天打了，不但不見療效，接著連頭蓋也長出一片疙瘩來了。為了我花幾千塊錢，倒不至於讓爸爸媽媽覺得心痛，我夜夜驚醒哭啼的情形，快讓他們急瘋了。而最叫他們心痛的是，我臉上頭上的濕疹產物。

媽媽終於忍不住了。她叫了一部計程車，帶我去看原來她主張的那一家產院附設的小兒科。一到了醫院，媽媽直接就抱我去找替我接生的老醫生。他正好在看雜誌。

「醫生。你還記得我們嗎？」媽媽雖然是笑著問，心裡還是十分不安。我聽到媽媽的心臟跳動得很厲害。

「噢！」他抬起頭楞了一下，馬上露出笑臉說：「當然，當然記得。來，請坐。」薑還是老的辣，他明明記不得我們了；其實記不得也應該，十五天裡他要替多少人接生，還有以前的，他說記得才怪，但是他看到媽媽一臉緊張的模樣，總不能叫她失望，確實是一個老滑頭。善意的謊言，比美麗的謊言更具道德意義。

「十五天的嬰兒，看來照顧得很好嘛。」

「但是他臉上還有頭上，都長了那些小東西怎麼辦？」媽媽不敢說出先前去找皮膚科的事。

「這個啊，哼，不要把它當作疾病。沒有你想像那麼嚴重。我們這裡小兒科的陳醫師，對嬰兒的健康很權威，我介紹你去看他。」

「謝謝，謝謝，真是謝謝你。」

老醫生看到媽媽感激得有點坐立不安，而叫他也覺得該回報一下，於是他說：「這樣好了，陳醫師那裡很忙，你去的話可能要等些時間。我特別請他過來看一下比較快。」他拿起聯絡電話撥通陳醫師。

這時媽媽只會說謝謝之外，心裡還為了不知該再說些什麼得體的話，而感到幾分焦急。這一切都看在老醫生的眼裡。他說：

「能為你寶寶的健康做點事，是我的光榮。因為誰會知道，他將來是不是什麼大人物。說不定是總統，或是科學家，或是大企業家哪……」

話還沒說完，陳醫師就過來了。看那樣子年輕的陳醫師很尊敬老醫生，他忙著點頭聽對方講話。

「……你就在這裡替這位小客人看看。」

陳醫師好像一進門就看出我的毛病，等老醫生說完，他就說：「這沒什麼大不了的事。」他的第一句話，和老醫生的第一句很相像。經過兩個醫生都這麼說，媽媽也放心了。他要讓媽媽覺得他是很認真的，所以仔細地看著我的臉，用手指輕撫著我的頭蓋疙瘩，然後又說：「這是體質的關係。這種滲出性體質所發出來的濕疹，不需要治療，治療也沒什麼用，只有浪費金錢和時間。大概六個月後，通常都會慢慢減輕，到了九個月就可以痊癒的。不過在這一段期間，要特別注意衛生；例如枕巾和被單要常換洗，不要戴帽子，還要防止沾上髒東西。只要不讓它化膿，就不會留下斑點。」

「要不要打針？」媽媽問。

「不用！也不需要敷藥。許多醫生叫人使用副腎皮質賀爾蒙藥膏，可是一停止使用就恢復原狀。」陳醫師大概以為我們是老醫生的什麼親人，所以一直叫我們不花錢。沒想到，老醫生也贊成他的說法。「如果是我的孫子，我就不去管他。有人說這是胎毒，其實這並沒有什麼毒。」

我真欽佩老醫生，他說得很對，這不是疾病，不用治療，從此我可以不必受到打針的虐待了。媽媽放心多了，說她放心，倒不如說她看開來得適切。

晚上爸爸一回來，媽媽就拿今天的事，猛力向爸爸反攻。因為開始時，爸爸反對去看這一家醫院。他堅持到社區內的皮膚科去看。

根據爸爸的看法，現在醫學這麼發達，哪有拿這種小不點的皮膚病，沒有辦法醫治的道理，甚至於認為產科醫院的老醫生年紀太大了，可能是沒有新知識。

「還有一位年輕的陳醫師也這麼說。如果有好的治療辦法，任何醫生都會應用的。」媽媽反駁著說。

我贊成媽媽的話。雖然治療可以使你心安，但是，為了安大人的心，卻虐待嬰兒，這種事千萬要不得。最後媽媽引了一件有力的事實說：

「醫生說這是體質……」

「又來了、又來了，你應該去當醫生。」

「有風度一點好不好？聽我講完嘛。體質是遺傳性的，不容易改變的啊。你忘了，去年夏天，你身上不是為了濕疹傷透腦筋嗎？一定就是因為體質。這是遺傳的因果啊，對不對？」

爸爸笑起來了。

「對、對。一連打了兩個月的針，又吃解毒藥、強肝劑，結果不但沒好，變本加厲，連那裡也長出來。」

「不要臉！那時我還以為你是梅毒哪。把我嚇壞了。」

「最不好笑的笑話。哈哈哈……」爸爸笑得臉都通紅了。

「承認了吧。死愛面子。」

謝天謝地，從這一天起，我可以不去挨針了。我的夢中也不再出現，拿著劍來刺我的魔鬼了，半夜也不再驚醒哭啼了。

媽媽的心，從高高的地方放下來，隨著爸爸也安心，失眠症也消失了，我的濕疹並沒有再增加。有關嬰兒的健康知識，爸爸再也不逞強了。

爸爸，請來跟我玩

我出生已經兩個月，眼睛開始管用，能看東西了。自從我出生之後，媽媽看書看得很勤，不過，差不多都是跟育嬰有關的書。所以論起育嬰的道理，爸爸只有張著嘴巴，聽媽媽這個現買現賣的老師。並且，媽媽也變成知行合一的實踐家了。

她昨天晚上看了一節如何鍛鍊嬰兒的皮膚之後，今天早上就抱我到外面，去接觸新鮮的空氣。

原來書本上說：為了叫嬰兒不在冬天感冒，就必須在好天氣的時候，讓嬰兒曬曬陽光，鍛鍊皮膚，同時陽光可製造維他命D。嬰兒缺少維他命D，會得軟骨症。所以在骨骼生長最旺盛的嬰兒期，日光浴是很重要的功課。

一回到家就沒精打采的爸爸，媽媽總是要來一段育嬰課。其實這些知識，媽媽除了書本來的之外，還有就是從電臺的主婦時間聽來的。這種節目據說都是未婚的小姐主持比較多，每天都喋喋不休說很多話，儼然知識淵博，見聞豐富，其實她們也是一邊翻書，一邊播音，也是現買現賣的老師。但是，與其讓媽媽看八點檔的連續劇，倒不如聽現買現賣老師的廣播節目來得有意義。

好在媽媽八點檔也看，正經的廣播節目，更特別用心聽。這大概是母性的自覺吧。另方面，長此下去，在家裡媽媽也比起爸爸聰明起來。

爸爸每天下班回家，就像一個洩了氣的球滾進來，總是懶洋洋地躺下，所聽的節目不外乎是相聲啦，說笑啦，還有輕音樂等等娛樂性的東西。當年窮追媽媽的時候，看一部名片，就有說不完的分析評論，聽完了貝多芬的第九交響曲，就有說不完的感動和心得。書櫃裡頭排滿了文學名著，文學大全，現在都是媽媽在讀。他早前的那一股理想和幹勁，好像全消了。這到底是男人的婚後症候群呢？或是因為公司裡的工作太忙了，致使他這般的疲勞？真可憐他。

然而從我們嬰兒的立場來看，當公務員或是在民間企業工作的爸爸們，他們過度工作，拖著疲倦的身軀回來是很不妥當的事。他們會向媽媽要求周到的服務，要這要那，而變成我們嬰兒的強力競爭對手。雖然我不怕爭不過媽媽的老公，但是媽媽照顧我的品質就會大打折扣了。不信，看吧。

「茶呢？」

媽媽正在替我餵奶，她覺得爸爸這個時候要茶，簡直就是無理取鬧。她沒理他。

「喂！茶啊！」

「你沒有眼睛嗎？沒看我在做什麼？」

「為什麼不早泡好？以前不但有茶，還有拖鞋和報紙……」

「毛毛，你爸爸在吃你的醋了。」媽媽還是沒理他，也沒有辦法理他。

「我吃毛毛的醋？笑話！我的意思是說，你早做準備不就好了嗎？你又不是不知道我幾點會回來。」

好在媽媽此刻會體諒爸爸的無理，不然只要語氣上稍做頂撞，一場不愉快的爭吵總是難免。媽媽忍著氣，裝著心平氣和地說：

「稍等一下嘛，毛毛快吃飽了。如果等不及，到廚房自己泡，熱水瓶有熱水。」

爸爸乖乖地走到廚房，他又說話了：「茶葉在哪裡？」

「你打開櫥子，就可以看到印有茶字的鐵罐，那就是了。有沒有？」

「茶葉要放多少？」

「抓一小撮就好了。」媽媽雖是輕聲細說，肚子裡卻是一肚子火。「毛毛，快吃啊！不吃媽媽就要把衣服穿好囉。」

大人真糟糕，以為我們嬰兒什麼都不知道。其實，他們一賭氣，我就從空氣中可以嗅到火藥味。聞到這種氣氛，我當然緊張，不愉快。媽媽只會趕我快吃快吃，她的一肚子氣，使奶水都變味了，我怎麼能吃？不要小看我們嬰兒，以為我亂蓋。這是有科學根據的，媽媽的情緒一有變化，胰島素就分泌出來，血管馬上緊縮，心跳加快，我們貼在媽媽的胸口，聽起來像隆隆的砲聲，怎叫我們能心安？

如果爸爸每天回來，精神都飽滿，替媽媽抱抱我，到外頭散散步，或者替我洗澡這就好得多了。一來幫媽媽忙，二來可以增進我和爸爸的感情。但是從另一個角度來看，我不僅是媽媽的孩子，同時也是爸爸的孩子。所以我盼望爸爸能多抱抱我，抱我去玩。

很多人把照顧嬰兒的工作和責任，一股腦推給媽媽，等情況好時，或是爸爸心血來潮，才突然以教育家的身分登場，這實在太占人家便宜了。要不是能給下一代感到完全可親、可信、可賴的話，怎麼能做好家庭教育？

孩子在青年期，常常會背離父親，父子之間好像是有什麼層層之隔，這種情形，無非是他們對父親「不親近、不信賴」的累積，而達到了飽和的現象而已。

大驚小怪

那位曾經在我臉上打過噴嚏的舅舅，他第二次從部隊來看我的時候，在路旁攤販買了一隻跟我差不多大小的忍者龜布娃娃準備送我。當他看到媽媽抱著我替他開門時，他得意地拿起忍者龜拍了幾下，高興地叫嚷著，想要我們開心。哪知道禁不起拍打的忍者龜，卻隨即揚起一團細棉紗和灰塵，讓我們三個人同時吸進了一口混濁的空氣。這時不只他打噴嚏，連我也打了有生以來頭一次的噴嚏。

「快點拿開！把它丟到外面去吧。」媽媽焦急地叫起來。

舅舅並沒有因為他的美意，被他姊姊不中聽的言語和語氣使他不愉快，反而笑著說：「好心被雷親。嘿嘿，我第一次看到嬰兒打噴嚏，好好玩。」他邊說邊把忍者龜放在門旁的地上。「我等一下帶回去做枕頭好了。」

「神經病。」媽媽嘴巴雖不饒人，其實她是最疼愛這位弟弟的，這位弟弟也只肯讓這姊姊吆喝。

「姊，有什麼吃的？我肚子好餓好餓。」

「毛毛給我抱好！我去下麵。」

「是！好姊姊。」

「神經病。」

「是！好姊姊。」

媽媽被舅舅逗得好開心，她笑著走進廚房，不一下子就聽到廚器叮噹碰動的聲音。

舅舅抱我大概就像他在抱迫擊砲一樣，笨手笨腳，我可不是砲管，我是有感覺的，怪不舒服。舅舅突然才發現似的，望著我向裡面叫：

「姊！毛毛怎麼一下子長這麼大？我到底多久沒見他了？」

「你小聲一點好不好？不要把毛毛嚇壞了。你有兩個月沒來了。」媽媽在廚房回話。

「有嗎？有長那麼多嗎？我天天看，看不大出來。」

是的，我的發育很好。我覺得媽媽的奶水味道好，吃得多，晚上睡得沉，有時自己覺得好笑就笑笑。媽媽說給外婆聽，外婆說那是床母在逗我笑。爸爸還為了外婆的這種說法，搬出科學的道理，和媽媽爭論了一場。原來我睡夢中的笑臉，好好的卻引來不愉快，無故陷我不義。年輕的爸爸媽媽，我只能說我好難過。

我不知道迫擊砲在舅舅的懷中，是怎麼樣的情形，我是被翻來翻去，翻得有些不舒服。剛才吃奶為了好吃多吃了些，胃裡多吃的奶水，隨著打嗝一道吐了出來；奶水就像噴泉從口裡湧出來。這可把阿兵哥嚇壞了。

「姊——！快來，毛毛吐奶了！」

媽媽從廚房衝出來，從舅舅手中接過我，開口就說：「你到底怎麼抱的？怎麼會這樣？」

「我、我……」舅舅看我吐了那麼多的奶水，還真以為他沒有抱好。他難過得說不出話來。

我們嬰兒胃口好的時候，常常會多吃一些。特別是吃母乳，它是裝在肉袋子裡，看不出嬰兒吃多少。當母親的心理，只要看嬰兒能吃，高興都來不及，怎麼會去阻止他多吃？把多吃的奶水吐出來，對嬰兒來說，減輕小胃袋的負擔，可輕鬆多了。然而媽媽還以為我生病，把手按在我的額頭，想找出我是不是發燒？摸不出異樣來，應該高興才對，但是，反而引起媽媽的困惑，令她更為焦急不安。要是她能注意我的臉就好了。嬰兒有沒有病，是騙不了人的。我知道我此刻的臉，正顯得愉快哪。其實有時候，嬰兒吃到肚子裡的奶水，約過三十分之後，和胃裡的胃酸作用，凝成豆花的軟塊狀，要是吐出這豆花來，我媽媽看了，一定更慌張。

當媽媽處理好我的事，替舅舅下的麵也糊了。媽媽回頭找舅舅時，只在客廳上發現舅舅留下來的條子：

姊姊：

很抱歉，我知道我沒抱好毛毛，害他吐了那麼多奶。希望他平安沒事。我還是趕公路局回部隊好，下次我一定會好好抱毛毛。

你的笨弟弟　阿兵哥上

媽媽才為我不安，現在看了舅舅留下的紙條又難過起來。當她正為剛才慌張的情形下，亂指責舅舅的事自責時，樓下那位好為人師的奧巴桑，輕輕地推門進來了。她以萬事通的權威身分，給媽媽出主意。但是每次她給媽媽的建議，都是對我不

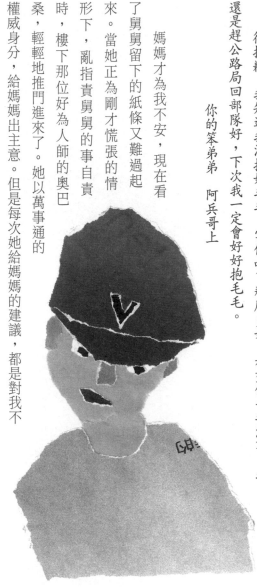

利較多。她看到媽媽在擦拭我吐出來的奶時，立刻又來勸告：

「呀！毛毛吐奶！……一定是腳氣病，錯不了。嬰兒腳氣病是患不得的啊。有時會影響心臟，那可就不是好玩的啊。」

真是天大的笑話！奧巴桑和媽媽一樣，瞧瞧我一臉的舒服模樣，不就得到答案了嗎？她還是鼓其三寸不爛的爛舌頭說：「毛毛大便是不是綠色？吐奶和綠色大便就是嬰兒腳氣病的症狀。」

她還叫媽媽帶我去打針。打針打針，奧巴桑好像只知道打針。天哪！我又想到穿著白衣的天使，揮舞針筒，向著毫無招架功夫的嬰兒襲擊。

其實嬰兒腸子裡的排泄物本來就是綠的，吃母乳的嬰兒，腸子的排泄物呈綠色，或是參雜白色粒子，都是生理自然現象。不相信的話，挨家去問吃母乳的嬰兒的排泄物就知道。相信黃色黨固然有之，但是綠色黨也不在少數，可以平分秋色分庭抗禮的。

好在今天是社區衛生所護士小姐來訪的日子，媽媽把我的大便和吐出來的豆花，都留下來當證物，等著護士小姐來臨。沒想到今天醫生也跟著來了。

醫生了解情形之後，他笑著說：「像今天我們的物質和知識條件之下，如果還有嬰兒患腳氣病的話，那才是奇蹟呢。」

醫生替我診察過後，磅磅體重，量量身高，看看大便，然後說：「這小寶寶生長速度快，消化好，吃奶吃得太多。少吃一點。綠色大便絕不是鄉下人說的，什麼受到驚嚇，或是腳氣病。有問題，多找醫生。」

醫生走了。媽媽也放心了，現在只剩下她對舅舅的一份歉疚，這都是大驚小怪惹的禍。

機器媽媽？

我生平第一次弄壞東西了；是媽媽的乳頭。他們說媽媽得了乳腺炎，是因為我吸吮奶水時太用勁，以至於乳頭破裂，病菌就從裂口跑進去。荀子之所以和孟子唱反調，就在這裡得到印證吧，在人之初未見到什麼善之前，即先看到惡的一面，破壞。不過惡有惡報；偏巧奶水較多的右乳房乳頭出了毛病，所以我的糧食頓時減半。

媽媽去看病，回家時遵從醫生的勸告，買了一罐奶粉，醫生還特別暗示某某牌的奶粉，也就是在那家醫院候診室，貼了不少海報的那一種。這是我第一次嚐到奶粉的滋味。如果媽媽找的醫院不是這一家，是另外一家的話，可能我第一次嚐到的奶粉，大概又是另一種牌子的吧。並且不同的醫生，對不同品牌的奶粉，都會說出獨一無二可取代母乳的不同道理，讓這些媽媽聽得一愣一愣，像著魔似的，非它不買。其實那些營養的知識，早在媽媽他們小學高年級初中時代，什麼腦的發育需要磷，骨骼的發育需要鈣等等，這些他們早都念過的東西，經醫生補充一點別的，說什麼乳牛的飼料加不加抗生素之類的話進去之後，普通常識就變成道理了。這種推銷奶粉的職業，不該由醫生來兼。

我吃慣了媽媽的奶水，對奶粉這種東西總覺怪不是滋味。媽媽想騙騙我的舌頭，在奶粉裡面加了些糖，可是再怎麼加工加料味道還是不對，加上人工化學做的奶嘴，那是絕對無法取代媽媽的肉乳頭的，首先口感就不對，還有點怪味。據說我們的前輩，他們的奶嘴是用橡膠做的，就像吹氣球時的那種怪味，難受死了。說具象一點吧，就像是用保險套餵奶。哇！真噁心死了。

人類，特別是標榜物質文明的人類，他們對待嬰兒，越來越缺乏誠心誠意了，也就是說母愛打折了。什麼都想辦法來取代，說不定我們這些嬰兒長大之後，受到整個文化環境的感染，覺得所有的取代即是文明的話，機器媽媽也被發明出來。要是看過卓別林的《摩登時代》，想想那一段餵食餐飲的場面，也就不難想像到，機器媽媽在餵食嬰兒的情景了。

媽媽看出我不喜歡吃奶粉，她就使手段。原來是每隔四個鐘頭餵一次奶，現在時間到了也不給，讓我一直到餓慌了，張口大哭的時候，就把奶瓶塞到我的口裡。人窮志短，什麼怪味，都沒有餓肚子來得難受，管它是奶粉泡，咕嚕咕嚕喝下肚了。有一次，奶嘴滑掉了，我還急得哭出來，媽媽把它放到我的嘴裡，我立刻繼續吃，不一下子的工夫全給吃光了。不過在這過程中，我覺得有些蹊蹺，可能是媽媽事先擠了一些母乳裝一瓶，裝奶瓶的另裝一瓶，然後在授乳的同時，偷天換日掉包過來。總而言之，此後對人工化學膠味也不怕了。

沒想到媽媽竟然應用史金納，這位行為主義心理學大師的理論，讓我輕易地就範。我知道媽媽壓根兒就不知道誰是史金納，更不用談什麼行為主義心理學。利用人性弱點，人類自古就懂。有個案例，史金納是怎麼讓一個自閉症小女孩說話的。換一個心理醫生的話，一定先從調查小女孩開始；這可要花很長的時間，才能整理出資料，然後才做分析、診斷、確定病因，再做治療計畫。史金納不做前面那些繁瑣的工作，一開始就不讓小女孩進食，一直讓她餓，餓到最後，再怎麼自閉的人，至少都會為自己的命，開口求食。人的行為，追溯到原點，只是反應，而不是思考。太可怕了，人到了這種地步，人還算人嗎？對了，說媽媽不認識史金納是不對的，在爸爸追媽媽的時候，為了炫耀自己的學識，他曾經看過一本《行為主義的烏托邦》，是史金納的著作，這本書還在書架上。現在媽媽已追到了，他就變得不怎麼愛看書，大部分都是媽媽無聊在家看的。並且能得到鼓勵的是，看書增加學識，還可以找到爸爸夾在書裡偷藏的私房錢。這種一箭雙鵰的好事，何樂而不為乎？

三四天後的一個晚上，媽媽仍舊用奶粉餵我，但是味道又變了，變得叫我不敢領教。她把奶嘴塞進來，我就用舌頭把它頂出去，她再塞，我把頭一掉，轉到另一邊。媽媽還覺得好玩，她向爸爸說：

「看看毛毛多聰明，我在奶水裡放點維他命，他覺得味道不對就不吃。他還會用舌頭頂出來哪。」

原來如此，是放了維他命，怪不得那麼難入口。不管維他命是多麼重要，對我來說，第一關舌頭就通不過。爸爸看媽媽沒辦法餵我，他自告奮勇地說：「好，讓我來。」說著，從媽媽的懷裡接過我和奶瓶，強把奶嘴塞在我的嘴裡，灌維他命奶水。真是豈有此理透頂了！不好吃的東西，用暴力推銷。一旦用暴力，再好的東西都將失去意義。嬰兒是天生就愛好自由的，強壓我的頭，抓緊我的手腳，不要就是不要。我哭著抵抗，嘴一張開，奶水從聲帶滴入氣管，我嗆到了，氣都喘不過來，呼吸也困難，整個人像得了什麼急病。爸爸和媽媽才被這種情形嚇住了，只好放棄暴力的手段。我必須讓父母親明白，忽視嬰兒人權會自取什麼樣的後果。

我遭遇到大人的各種手段之後，真替未來的嬰兒擔憂。在人類進入二十一世紀，仍然浸淫在物質文明的甜頭不悟的情形下，未來很有可能在家電用品裡面，就有一項是機器媽媽。

回鄉下

爸爸是東部人，媽媽是南部人，但是我不是東南部人，我是臺北出生的臺北人。

爸爸和媽媽自從他們結婚之後，除了大年大節，其他的日子就很少回鄉下。爺爺和奶奶，或是媽媽那邊的外婆家，他們老人家一直都有怨言，責怪年輕人很少回來看他們了。爸爸和媽媽總是有各種不能回去的理由。不是應徵工作等人家通知，就是新公司忙，不然就是找房子準備搬家，就是正在搬家。這些理由雖然多次重複，大部分還是事實。只是老人家在鄉下，不能了解年輕人在都市成家立業不簡單。除此之外，心裡多少還有一些不願意。

聽爸爸說，每次回鄉下老家，親戚朋友一見面，總是替爸爸回答他們自己的問話：「臺北怎麼樣？很好呃！」有時爸爸想說實話，說臺北生活不容易，這又似乎有礙自己的顏面，和一般人一樣敷衍說很好嘛，那又是睜眼說瞎話。如果實話實說，這又怕人家說，只是打打招呼，幹麼那麼認真。所以回到鄉下，只要有人問起臺北如何如何，爸爸就對他們笑一笑。用這樣來回應人家的招呼，也不算不對。人家認真的話，由他們取從笑臉中，想像他們的答案；肯定也罷，否定也罷，都是正確的答案。其實最令爸爸承受不了的是，家鄉的紅白帖子特別多，只要回去一趟，隔一陣子就連續地收到。由於沒有能力應付，大部分都沒有回應。然而回到鄉下，碰到那些人時，對方的想法我們不知道，爸爸自己本身就覺得十分尷尬。這種尷尬也是一種近鄉情怯。

媽媽又有媽媽的理由；說是理由倒不如說是一種陰影。爸爸當時熱戀媽媽，他帶媽媽回鄉下看老人家。沒想到她一進門，奶奶和爸爸的嫂嫂就盯著她看，從頭到腳細細打量，看得讓媽媽很不自在。這個情形如果這樣就過去也就算了，只是一時不舒服。但是當媽媽上廁所時，還聽到奶奶和嫂嫂在廚房，正好在交換她們對媽媽的印象。

奶奶說：「我看這個查某的屁股，兩邊的肉總共也不到三斤。這能生小孩嗎？」

嫂子接著說：

「就是嘛，屁股沒有肉怎麼算是女人？並且下巴不是很圓。」

媽媽當時聽了這些話，在廁所裡難過了好久。事情也想了好多，所以印象深刻。為了結婚，爸爸好像和奶奶賭了一陣氣。結果這件事，奶奶也怪到媽媽的頭上。好在媽媽生了我，是一個男孩子，替媽媽爭了一點氣和面子回來，證明屁股沒肉的女人，不一定不會生小孩。並且媽媽生我之後，爸爸和媽媽開玩笑的時候，說她屁股變大了，有個椅墊可以坐。不過媽媽對這個玩笑非常敏感，一提到屁股，對奶奶的那一股陰影的印象，馬上就浮上心頭，整個人就變得緊張。媽媽說不上這個癥結，爸爸又大意，所以言詞上一碰到媽媽的屁股，兩人常常弄得很僵。

有上面所提到的經驗，非不得已媽媽是不回婆家的，也因為如此，常讓爸爸為難，最後爸爸也賭氣，當媽媽要回娘家時，爸爸也不想去。他們常像小孩，以為拉倒就是扯平，這也是少回去的原因。從媽媽懷我到我出生，這也變成不能回家省親的好理由。

可是這一次說是奶奶生病，還說病得不輕，這使所有不能回家省親的理由，都變成脆弱了。爸爸決定利用星期六的半休，回花蓮去看奶奶。從我們住的國民住宅的住宅區到火車站，需要搭市內公共汽車。才過中午，站牌上已經排了很多人。這些人都是從住宅區的公寓走出來的，和我們一樣。大家住同一構造的房子，裡面擺同樣的家具，吃同樣的超級市場的食品。晚上看一樣的電視連續劇，廣告的時間，大家同時上廁所，同時喝水。一逢休假，大家爭先恐後外出，好像為的是要逃離這種沒有個性的生活模式吧。

爸爸抱著我，我們排在長龍尾巴的地方等公車。爸爸顯得有些不耐，他以我幼小的理由，建議媽媽坐計程車。但是媽媽說時間還早還是坐公車好，並且近月底了，錢不怎麼夠用，希望能節省節省。「這次回花蓮，除了來回車票，還有禮物，已經花了不少錢了。」爸爸聽了媽媽這麼說，氣得心跳得厲害，我貼在他的胸腔，都被心跳聲嚇得十分不安。爸爸為了旁邊有人，他壓低聲音說：「你根本就不想回去。」媽媽裝著沒聽見。爸爸更生氣，可是拿媽媽沒辦法。「不要再等了，坐計程車。」說著，爸爸抱著我離開列隊的長龍，東張西望地想攔一部計程車。這個時候來了一部公車，隨後又來了一部，於是原來排好的隊都散了。媽媽被擠到前面，反而輕易地上了第一部公車。爸爸見狀緊跟在後頭，也擠上去了。我知道他們兩個在賭氣鬥氣，害我怕得都不敢哭。

有一個和爸爸並排站在我面前的中年男人，他對著我正面咳嗽，甚至於把口沫都噴到我的臉上。媽媽擠過來，擋住那位男人，故意說給他聽地說：「你沒看到有人對著嬰兒咳嗽嗎？真是莫名其妙！」媽媽抱過我，轉個身對那個男人瞪了一眼。爸爸雖然聽出來媽媽是對那男人說的，心裡還是很不愉快。他知道媽媽的脾氣，她什麼都可以讓爸爸，但是回花蓮的事，如果沒說好，媽媽發起脾氣來，就歇斯底里起來。爸爸有點緊張，怕媽媽接著再說些話，和眼前這個不懂公共禮貌的男人爭吵。好在到了下一站，咳嗽的男人一面咳嗽一面下車去了。

媽媽的前面有了一個空位，有一個小學生一個箭步就搶上去，旁邊的一位先生，訓了一下小學生，要他站起來讓位給媽媽。那一位小學生很不情願地站起來，媽媽很客氣地向小學生說了一聲謝謝就坐了下去，並對那一位先生笑了笑，也說了謝謝。可是，又有新的狀況發生了。坐在媽媽另一邊，是一位珍惜光陰的太太，她毫不浪費時間地，拿著粗而長的竹針，正在打毛線衣。她的技巧熟練，飛針走線其快如梭。媽媽還好奇地湊近她，向她問東問西，而她也很樂意回答媽媽的問題，手上的針線並沒有停下來。我看了心裡好害怕。如果司機先生看到路上有一隻貓，或是什麼的，突然來一下緊急煞車，我的頭很可能往竹針撞過去，刺到我臉、眼睛。為了自衛我放聲大哭，媽媽才把我換個姿勢抱，爸爸也湊過來關心。他們倆藉著我的大哭，拋棄前嫌，談起我來。沒一下子，車站就到了。阿彌陀佛，我們離開了竹針，希望旅途一路愉快。

奶奶愛我

爸爸抱著我，媽媽提東西跟在後頭，保持一點不情願的距離。我從爸爸的心跳聲，由緩變急就知道奶奶家快到了。相信媽媽的心跳，不是比爸爸的更急，那就是快要停下來。媽媽始終抹不掉，婚前跟爸爸回來的那一次不愉快印象。爸爸好害怕媽媽的情緒失控，所以越接近奶奶家，心裡就越發緊張。再說，媽媽也擔心爸爸過分緊張，發起悶氣和媽媽賭氣。因而爸爸和媽媽之間的空氣，就變得像一張大玻璃橫隔其間，叫誰都不敢去碰撞。這樣搞得爸爸不敢回頭，媽媽不敢開口。

好在他們一走近奶奶家門口，那個曾經和奶奶一起嫌媽媽屁股沒肉的伯母，她一看到我們，就大聲而熱情地叫著說：

「回來了！媽媽才進去休息。她整個下午都坐在門邊等你們回來哪。」她回轉過頭向裡面，「媽媽，毛毛他們回來了！」

「不要叫她。讓她休息。」爸爸小聲地說。

「沒關係，才進去而已，她會高興的。」伯母又對媽媽說：「帶小孩子坐這一趟車，一定很累。來，快坐下來，東西我來拿。」

看到伯母這般的轉變，媽媽心裡感到十分意外。所以對自己原有的戒心，私自覺得幾分尷尬。

大家正在禮尚往來的時候，奶奶的聲音從裡面傳到大廳。「喲！我眼睛一直往路口望，望久了眼睛澀了起來，想睡覺。才躺下去，你們就回來了。」她走出來，看到我就說：「來！快抱過來讓我抱抱。」爸爸把我抱給奶奶。奶奶抱小孩子的技術比爸爸高明多了，不愧是過來人。但是由於怕生叫我感到不安，我有點想哭。「這小孩真聰明，這麼小就懂得怕生。看，快哭出來了。」她把我摟緊一點，一邊搖一邊輕拍著我的背後。真舒服，本來想哭也忘了。她還逗著說：「不哭不哭吃豆腐，不哭不哭吃豆腐，……」這種押韻又重複的話，沒有什麼意思，聽起來也很好玩，聽了就想笑。奶奶看我笑了，她又唱：「一會兒哭，一會兒笑，母豬撒一泡尿。」

奶奶一抱上我，就忘了爸爸媽媽在身邊似的一直逗我玩。爸爸看到奶奶抱著我的那一份快樂，讓他覺得沒常常帶我回來給老人家看看是不應該的。

「畢竟是我的金丸孫，我們一下子就熟了。阿媽再不多抱抱，下次可就抱不動了。怎麼長得這麼快！阿淑實在很會帶孩子，比我想像的好多了。」她向媽媽笑笑：「可真辛苦你了。」奶奶不斷誇讚媽媽，使媽媽的心裡承受了一種不曾有過的罪惡感。媽媽覺得過去錯怪他們了。

「媽媽，你現在身體還好嗎？」爸爸關心地問。「有沒有去看醫生？」

「說也奇怪，從電話中聽說你可以回來，病也就好了。都是我這個金丸孫害我這個阿媽相思吧。都是你，都是你。」說著還不斷親我。媽媽在一邊看，心裡一邊批評不衛生。但是已經對過去感到有幾分歉疚，也就可以忍耐下來。

伯母為奶奶的話出來做證。她說：

「是啊，前天接到你們的電話之後，就告訴我說她想吃一點稀飯。不然，已經躺了兩天了。」

「你們回來真好。」

爸爸媽媽偷偷交換了眼色，都為奶奶的話感動。奶奶這話雖然是說給大人聽的，但是，她不敢看他們。她低著頭看我，說了幾遍，最後的一句，幾乎聽不見。

奶奶家有爸爸的哥哥伯父和伯母，他們有兩個小孩，我的堂姊叫惠貞，堂兄叫惠仁。惠貞四歲，惠仁早我五個月出生，現在八個月大。我們進門的時候，堂兄和堂姊都在午睡。等他們醒來之後，大人為我們三個小孩的事，忙得團團轉。

首先惠貞姊看到奶奶抱我，她就不高興，吵著要奶奶抱她。伯母把她帶開不久，我意外地遭到暗算。當我在奶奶懷裡聽奶奶逗我笑的那些押韻歌時，猛然挨了一拳，痛是不怎麼痛，但是大大地嚇了一跳，我哭了。兇手是堂姊惠貞。

「啊！啊！你這個小女孩，這麼小就會嫉妒。毛毛是你的弟弟啊，阿媽抱抱他有什麼關係。」才說完，堂姊又想過來打我。奶奶抱我站起來，叫著：「快來把惠貞帶開，她打人了。」

伯母跑出來把惠貞拉開一邊，抓住她的小手，打她的手心說：「老毛病又犯了，叫你不要打人你忘了？」現在輪到惠貞姊哇哇大哭，惠仁一聽姊姊哭，他也哭起來，我呢，有兩個小孩的哭聲，不斷灌入耳朵，不哭也會哭的。這叫同化作用。電視臺最愛弄這種伎倆了。我們常常看一些笑劇，其實不怎麼好笑，但是他們常常弄出一些同樣的笑聲做效果，希望引起大家共同歡笑。結果，大家都引不起興趣，除了白痴和傻瓜才會被那種罐裝的笑聲同化，真不知那些在電視笑劇中，要求做笑聲效果的人，他們的ＩＱ有多高哇。

三個小孩的哭聲大合唱，可叫人一下子覺得房間都變小。惠貞哭著撲向奶奶，拉著她不放。奶奶只好把我還給媽媽，抱起堂姊，嘴裡還笑著說：「你這查某囡仔鬼，真不乖。」

伯母跑過來向媽媽陪罪：「這個惠貞真會嫉妒，婆婆抱她的弟弟，她也不高興。真對不起毛毛。」

「小孩子不懂事，以後毛毛長大一點，換他打姊姊也說不定。」好在伯母沒有在這句話裡挑毛病，不然誤會也會很大。其實媽媽也沒有其他意思，她只想說沒什麼事。

她們兩個各抱一個小孩，從家後門走到河邊散步，邊走邊聊之間，伯母鼓起很大的勇氣，向媽媽為一年多以前的事道歉。

「我和奶奶都知道，你還在為那一次小叔帶你回來時，我們在背後說你的話不高興。換是我，我也會不高興。我們知道我們錯了，希望你不要再計較，不要為這件事不回來。這次看到你回來，我和奶奶的心，像拿掉一塊大石頭。」

「大嫂。」媽媽只叫了一聲，話也接不下去。我知道這樣當面把過去不愉快的話說開來是一件好事，但是，兩個大人互通感動的空氣，對我們小孩來說，有些凝重，所以我帶頭哭起來了。伯母提議回頭走。她們倆回家的腳步輕鬆得多了。我很欽佩伯母的勇氣，同時也給年輕的媽媽上了成長的一課。

回到家惠貞還被奶奶抱著，伯母要她下來她不肯。她生怕奶奶被我占了。其實並不是每一個小孩都會嫉妒，只有愛自己的小孩才會嫉妒。在我們住宅區的鄰居，就有一對姊弟，那個姊姊不但不會嫉妒弟弟，還特別疼弟弟。因為這位姊姊還沒有弟弟之前，時常抱一個布娃娃。這是她從小就有了疼愛自己以外的人的習慣。所以弟弟一出生，她就愛弟弟了。

可是惠貞不是這麼回事，弟弟還沒出生，全家人寵她一個。特別是奶奶太疼她了，在她的想法，她是獨一無二的。環境對她的愛太過分了，使她失去了愛別人的快樂。真希望媽媽和爸爸不要對我這樣才好。

隔天，我們不能不回臺北。奶奶抱我的時間最長，一聽說時間到了，我們得走了，奶奶還流淚，她要媽媽常常帶我回來給她看看。

回家的途上，爸爸和媽媽有說有笑，完全和昨天的情形兩樣。而我不管他們大人的事，我在我的腦際捕捉奶奶為我唱的那些押韻歌的旋律。它美得讓我睡著了。

百貨公司和電影院

今天是星期一，爸爸上班前抱我一下的時候，連粗心的他都發現我不大對勁。媽媽只會緊張地想著昨天我的起居，到底什麼地方發生差錯。

「奇怪？記得毛毛昨天什麼都很正常啊！奶也吃得好好的，穿著也沒讓他著涼，還有該睡也睡得很好，睡醒還自己在小床哼哼地唱起歌來。早上怎麼變得沒什麼精神？」媽媽說。

「多注意一下，有問題馬上去看醫生。」

媽媽聽爸爸這麼說，心裡很不是滋味，好像在責備她沒把小孩子帶好。其實她是盡了力了，為了小孩子，同時小孩子確實是不舒服，所以就忍下受委屈的氣，不吭聲。但是心裡卻說：「下輩子讓你當女人看看。」

做為一個嬰兒，幾乎每天都會遇到頭一遭的新鮮經驗，可是有些經驗來得太早了，未必是好事。像昨天星期天，這對上班族的人而言，固然是屬於自家人寶貴的一天，如果家裡有嬰兒的話，全家人就得考慮如何享受寶貴的一天。當然各走各的也可以，像我家只有爸爸媽媽和我這個嬰兒三人，就無法各走各的去享受假日了。

爸爸說他想去看電影；媽媽說她要逛百貨公司；至於我呢，有意見也沒有辦法表達出來。爸爸和媽媽的目的雖然不一樣，他們還是一拍即合。因為電影院和百貨公司，差不多都在同一個地區。

我第一次看到百貨公司，它像一個巨大的魔箱，不斷地把人群吸到裡面。裡面的東西可真多，看媽媽看櫥窗的表情，我才知道所謂美不勝收的意思。來這裡的人，有一大部分不是專程來買東西的，而是家裡待膩了，家具看厭了，出來外面洗洗眼睛，看一些新東西開開眼界。

有幾家日本人經營的百貨公司，賣的東西確實豐富，要什麼有什麼，應有盡有。來到這裡的人，不一下子就有一種購物的饑餓。這種被激發出來的需求，往往成為虛榮心，櫥窗裡東西的價格，已不是貴不貴的問題，是買得起或買不起的問題而已。一時買不起的，叫人去盤算一下，等積蓄幾個月，或是等換季打折。總而言之，一進到這裡面，每一個人都心裡有數。爸爸和媽媽也不例外。

其實對我們嬰兒來說，百貨公司並不是好玩的地方。聲音嘈雜，空氣污濁。這地方是我第一次感到耳朵裡的鼓膜受到震痛，鼻腔裡的黏膜受到扎痛，真想快離開。等到爸爸手提的、胸前抱的東西，比我在媽媽的懷裡還要多的時候，我們已經在裡面逗留了一兩個小時了。要不是爸爸催著要離開，可能還會多逛一些時間。我的頭開始有點暈，雖然到了外頭，也好不到哪裡去。人聲的嘈雜換成汽車聲的嘈雜。從人的肺腑裡剛出爐的廢氣二氧化碳，換成汽車排放出來的油味空氣，一樣污濁難聞。唯一的安慰是，該要回家了。這種情形一想到家，就馬上感覺得到，「回家的感覺真好！」大概是這種感覺的催眠作用，我睏了。

當我醒來的時候，發現我處身在黑暗中。要不是我在爸爸的懷中，看到爸爸和媽媽只望前面顯得沒事，我一定會被嚇壞的。也就在這個時候，我頭一次發現，我和爸爸媽媽在一起，他們竟然抱著我，不看我，不逗我，不注意我。他們並排坐著，臉朝著前面的影子，目不轉睛地望著。我真不明白，前面的影像有時是汽車，有時是人群，有時一個男人的大臉，女人的大臉，大得相當出奇。我不了解他們在說什麼？有時巨大的聲音在這黑暗的屋子響著。有時看到一片廣大的原野，照理說空氣清涼才對。但是這裡的空氣，比什麼地方都糟糕。通風不好，煙霧瀰漫，這裡的二氧化碳，爸爸吐出來的給媽媽吸，媽媽吐出來的給我吸，也還給爸爸一些，然後別人吐出來的我們吸，我們吐出去的別人也吸，這怎麼叫空氣不污濁呢？再加上菸味，更加叫人難受，喉嚨有些發痛，我大概就是這樣痛醒過來的吧。

前面的座位上，有個三四歲的小男孩，夾在他的爸爸和媽媽之間，他對爸爸不停塞給他的玉米花，或是其他糖果的興趣，比前面畫面更有興趣，也只有這樣，他的爸爸媽媽才能投入畫面裡面的情節。不過這位大哥大，他偶爾也會注意畫面。當他看到前面的畫面，一男一女的嘴巴貼在一起，所有的大人都屏住氣變成無聲鴉雀在欣賞的時候，大哥大竟然一個人笑著大聲叫著說：「哈哈哈，爸爸媽媽親親，爸爸媽媽親親……」害得爸爸趕緊轉過來摀他的嘴巴。但是，來不及了，他還是引起很多人的笑聲。聽了這一陣笑聲，我才意識到在這黑暗的屋子裡，竟然躲了好幾百人在裡面。更怪的是，前面的一男一女，他們嘴貼他們的，黑暗中的笑聲笑他們的，一定要貼個夠。在哄堂笑聲的尾聲時，大哥大又開始了。「死爸爸，死爸爸，你把我的玉米花弄倒了——」接著哭了起來。又激起滿屋的笑聲。我不知道大哥大的叫聲有什麼好笑，只覺得他哭得很可憐，所以啊，我也哭起來了。原先我還以為可以雙重唱，他老兄一聽到背後的我一哭，他竟然停下來讓我獨唱。沒想到我的獨唱，引起不少人的喝倒采，噓聲四起。真是不公平，一樣是小孩子的哭聲，一個引人欣賞，一個被人厭惡。難道因為他是大哥大？我才不管哪！哭吧。媽媽從爸爸的懷中抱著我往外跑，才平息了黑暗中的噓聲。另外因為我的情形，後半段媽媽只能抱著我等爸爸出場，這時候媽媽的臉已經氣得像凸餅。爸爸不知道為了緩和媽媽的氣，或是也是一隻大笨牛，他沿路詳細説著媽媽沒看到的後半段。而我呢，又昏昏地睡著了。

如果媽媽想一想逛百貨公司和看電影的情形，就會知道我為什麼沒有精神。我快要病倒了，媽媽，據説電影有分限制級和輔導級的觀眾年齡。對我們嬰兒，所有在電影院放的電影，不管什麼片都一樣，國歌片也一樣，統統是限制級。

不吐不快

擠公車、逛百貨公司和看電影的事，對我這個三個月大的嬰兒來說，實在是太冒險。隔了一天，連爸爸都看得出來，我有些異樣。到了下午，他從公司掛電話回來時，我已經有更明顯的變化了。媽媽在電話中回答說：

「倒不覺得有什麼發燒，但是流起鼻涕、鼻塞、還有咳嗽。我想帶他去看醫生……」

「什麼我想你想的，」爸爸嚴厲地插話，「趕快帶去看醫生！到現在才告訴我這些有什麼用？」

「你叫我不要打電話到公司找你的。」

「小孩子都快、」突然把「死」字吞掉。「快去看醫生，一秒鐘也不要耽誤。」

可是媽媽聽出來爸爸原來要說的那個「死」字。她很生氣地叫著：「你現在就給我回來！你剛剛說什麼!!」

爸爸這一邊大概有人在注意他講電話。媽媽這一邊突然覺得爸爸的態度都變了，語氣也變得輕聲細語。這使媽媽更生氣。她說：

「噁心！肉麻！一定有人在看你講電話。虛偽！有種再吼啊！……」

「嘿嘿嘿……沒事、沒事、好的、好的，對對，好、明天見。」說完就把電話掛了。

媽媽拿著被掛斷的聽筒，還說了幾句，像使了幾招空拳，恨恨地才把聽筒放回去。但是情緒的起伏才開始，她越想越氣，想到爸爸跟她談戀愛的時候，所講的甜言蜜語，和剛才電話中的話，真是兩種極端不同的語言。她想了又想，竟然得到一個結論，她受騙了。所以她傷心地哭起來。

真是小題大作，其實都是過分寶貝我帶來一些無知的緊張所引起的。這種事，只要冷靜想想該怎麼做就怎麼做就好了。這個時候再怪過去已經發生的事，都是於事無補，少放馬後炮為妙。至於媽媽的傷心自憐、自認為受騙一事實在太牽強了。語言的內容，還有背景都不相干，怎麼可以牽扯在一起論事？不要說媽媽年輕不懂事，好多人年紀一大把還是一樣犯這種思考邏輯的謬誤。

要不是我的咳嗽喚醒媽媽浸淫在自憐，我想，媽媽一直想下去，一定會恨死爸爸。她過來抱著我，拍拍我的背後，口裡喃喃地說：「都是媽媽不好，對不起毛毛，我們去看醫生。不要哭，不要咳嗽，好好好……我們去看醫生。」

媽媽正準備帶我去看醫生時，電話鈴響了。是爸爸的電話。

「是我，我在公共電話講話，剛才我因為太急了，所以亂講話，不要再生氣了，快帶小孩去看醫生。喂！喂！你在哭？我已經向你道歉了，不要哭，不要哭。有沒有錢？有，那就快去。我沒有辦法離開，有急事，打電話給我啊。」對方沒有一下子掛電話，媽媽還在哭給他聽。「好了，好了，不要哭，晚上再向你陪罪。再見啦，再見。」

媽媽掛上電話，眼睛還含著淚水笑起來了。以後再和爸爸吵架，會不會又把這次爸爸的電話，當作美麗的謊言數落爸爸呢？但願不要如此。我要長大，爸爸媽媽也要再長大。

醫生聽媽媽說我們昨天的生活經過之後，很權威性地批評了一番。說我的病追究原因，爸爸和媽媽要負全部的責任。其實說是這麼說，現代的都市人，如果不叫他們出來走一走，逛逛百貨公司，看看電影，唱唱卡拉ＯＫ，就像獨居荒島。不知是哪一位社會學家說的，說現代人本身就是一座孤島，大概就是這種意思吧。

不過，現在生活在都市的上班族，如果組織了家庭的，大部分都是兩代同堂。這樣的家庭，有了幼兒，做大人的父母犧牲可真大。小孩子像一樁木樁，把大人拴在那裡無法擴大生活的範圍，久而久之，心裡變得焦灼難安。因為來自生活和工作的壓力，沒能得到適當的紓解，這對大人不好，對小孩也會影響。然而，我們難道就讓這樣兩代同堂的家人，默默地認命受害嗎？照現實的需要，在這種人口稠密的地方，應該設有專業性的臨時托兒所，由有保育經驗的人，在住宅區的什麼地方，擺設小床，和遊戲的場所，讓有事的父母親，可暫時性地到這種地方托兒。只要可以托上幾小時，這麼一來，爸爸和媽媽就可以相偕到任何地方，做任何事情。這對「夫妻健康」生活非常有幫助才對。

現在大學裡專攻家政的女學生，還有護理學校的女生，如果她們能改在星期一放假，星期天定為她們的實習兼打工，到有小孩的家裡當一天臨時保姆，這也不失為好方法。不過這種想法，也有人會認為是餿主意。他們認為這些女學生當中難免有少數人，會因一時之貪，而有順手牽羊的事發生，或是被僱主的弟弟強暴怎麼怎麼的事等等。如果動輒就往這一方向去想，並且是沒代表性的一面，而影響事情正面發展的可能的話，這個世界就沒有進步可言了。哪一條鐵軌沒有沾過血跡？我們這裡的大人，他們對任何事情，都有這樣的想法。等他們走了之後，看我們的！

話說回來，媽媽急著找醫生，把我當急診送，結果找一家就近的，在那裡我是第一次，沒有任何病歷卡的紀錄，所以年輕的醫生，話又從頭問起。經過診斷，我不只感冒，由感冒引起喉嚨有沙聲，但是沒有爸爸媽媽替我想像的那麼難過，也沒有那麼危險。其實難過的是鼻塞，沒有辦法好好吃奶，因為我這個時候靠張嘴呼吸，又要靠嘴巴吸奶，這是很難的動作，真是災情慘重。再碰上這位醫生也是主張打針的劍客，我挨了一針大哭大叫，表示抗議。可是他們是老油條，一點也沒反應。更可惡的是，把喉嚨沙沙作響，叫做小兒氣喘病。

天哪！媽媽一聽氣喘病，就想到鄉下的老祖母，她老人家一輩子患氣喘，一到冬天，晚上都沒辦法睡覺，不然就是坐著睡。老祖母曾經絕望地回答她說：「嗄龜（氣喘病）斬頭沾火灰。」意思是說氣喘病要好，除非砍頭沾灰。所以媽媽把醫生當神，祈願我的健康，只要醫生說的，她就信。醫生說暫時不要洗澡，不要到外面，每天去打針。如果這是一位沒有執照的老密醫說的還好，竟然是一個年輕醫師，簡直是開倒車嘛！他應該用常識來說也不至於錯得離譜。讓我洗澡，到外面吸取新鮮空氣，多鍛鍊皮膚和黏膜，在喉嚨裡面作沙聲的痰，自然就有能力排除。

叮噹！今天爸爸回來得最早。但願他們兩個，不要為今天的電話，再把事情擴大。有些話跟喉嚨裡的痰一樣，不吐不快。

觀察家

媽媽是嬰兒最忠實的觀察家。醫生該好好聆聽小病患的媽媽們，詳細地娓娓道來，雖然她們總是短話長說……

過去，我的脖子一直撐不住我的大腦袋，所以三四個月來，我的腦袋始終是搖晃不定，成了一個真正名副其實的「晃頭晃腦的傢伙」。

現在脖子能夠挺起來了，腦袋瓜不再晃來晃去，才四個月的我，雖然還不能立地，就先能頂天也不錯。有這樣神速的進步，一輩子照這樣下去，以後真無可限量。

當脖子撐得住大腦袋之後，好奇心也產生了。周遭的小世界，只要有東西動，有鮮豔奪目的色彩，有發出聲音的東西，都能夠引起我的好奇，我會轉動我的大腦袋面向獵物，讓我的眼睛看個清楚，甚至於還想伸手去抓它。

自從爸爸發現我的脖子會轉動之後，他就用各種辦法，激發我去注意。他有時用拍手，彈手指，或是發怪聲音。有時大概做得太過分，媽媽都會說他：「瘋了！」

第二天，媽媽抱著我在小陽臺要哄我睡覺，我不喜歡她抱著我，讓我半躺在她的懷裡，我哭著抗議，媽媽就把我抱起來，這才是我希望的。爸爸拿著一把小搖鼓，在我的右側搖一搖，一下子又到左側搖一搖，有時到後頭搖一搖。害得我的腦袋，左右前後，轉來轉去。媽媽要爸爸不要吵我，爸爸卻樂此不疲的，覺得我很好玩。他還發現我的頭能夠這樣隨著獵物轉動，很像貓頭鷹。他以為是一件大發現，他高興地叫起來：「看！毛毛好像貓頭鷹唷！」

「別的不說，怎麼說像貓頭鷹！」媽媽很不愉快地把我抱開，爸爸手拿著搖鼓楞在那裡，百思不解他做錯了什麼？

「我說毛毛頭會轉來轉去，很像貓頭鷹有什麼不對？」爸爸還是不解地問。

「我不要你說我們的孩子像貓頭鷹！」

「我沒有說他像貓頭鷹，我是說他的頭會轉來轉去像貓頭鷹。這是兩回事。」

「不要不要，你不要再說貓頭鷹，不要再說貓頭鷹。」媽媽顯出萬分緊張。她緊張得連我都感受到那一份不祥的陰影侵擾媽媽的內心，害我不愉快地哭起來。

好在時常被媽媽笑他是一隻呆頭鵝的爸爸，這次可不呆，他馬上分辨出媽媽不是真正討厭爸爸說我像貓頭鷹，或是腦袋轉來轉去像貓頭鷹，而是怕貓頭鷹。他就此聽媽媽的話，就不再開口說話了。

過了一個上午，媽媽好像忘了上午陽臺的貓頭鷹事件。爸爸這個星期天的上半天，一直小心翼翼觀察媽媽。媽媽很愉快地告訴爸爸，說她發現醫生給我打針之後，也不見喉嚨發出沙沙聲好起來。她因為看到我每次打針都哭得厲害，晚上也常常驚醒過來哭。所以就試著不再去找醫生打針，結果病情也沒惡化。

爸爸對媽媽這樣的做法不表示意見的原因是，我除了喉嚨有沙沙的側音之外，其他健康情形非常好。他同意媽媽的看法，這並不是什麼嚴重的病，人確實可以從經驗中學習。他們剛發現我的喉嚨有側音時的緊張，兩個人的神經都繃得緊緊的，動不動就互相責怪，動不動就聽信一些不利我的說法，或是帶我去找那一位特別愛給嬰兒打針的劍客醫生，為我打針。害得我看了穿白衣服的人，就以為又要打針，在看到穿白衣服的理髮師我也害怕，簡直就變成了白色恐怖症。

從媽媽不再帶我去看那一位白衣劍客，我的精神就好起來了。近來能愉快地咯咯笑出聲來，食慾大振，一瓶牛奶還嫌不夠，目前唯一缺憾的是，晚上睡覺時喉嚨發出沙沙的音。時間一久，已經嚇不倒媽媽了。

在觀察方面，比媽媽粗心的爸爸，對我的健康情形認識不深，常借著我喉嚨的聲音為題發揮。例如爸爸說公司有交際，所以晚回來，但是公司又不是交際公司，哪有那麼多的交際。有時爸爸晚回來，心虛，先走入我的房間，我當然在睡覺，爸爸也知道只有在小天使的房間，媽媽才不會大聲跟他爭吵，怕吵醒我。爸爸看看我睡了，我的喉嚨卻仍舊發怪聲，使他放心不下，他大聲地嚷著：「毛毛的病沒好哇！」好像是媽媽的罪過。我被吵醒了。爸爸這一手一回來就挑毛病攻擊媽媽，這一招在孫子兵法中，所謂的「先發制人」。媽媽還沒來得及興師問罪，審訊他遲遲歸來的理由之前，攻擊媽媽對我照顧不周。以前這一套對媽媽十分有效，也因為如此，媽媽才一大早就帶我去打針。現在媽媽已觀察到這不是大不了的病，爸爸的交際就少多了。

說到觀察，那位白衣劍客醫生算是最粗心大意了。我每次被帶到他的診病室就嚇得大哭，他毫不思索地就認定我是特別愛哭的愛哭鬼，這樣的小鬼他沒有辦法好好診斷毛病。不容易診斷，或是診斷不出，唯有打一打沒什麼害處的營養針。這在一般的媽媽來看，醫生好像很重視這個病症，所以才動了刀槍。這樣一來，媽媽覺得醫生認真，她當然高興。醫生這邊也高興，打針和不打針價錢差很多，並且一針B劑，成本低得要命。

嬰兒最忠實的觀察家，即是媽媽。像醫生這種沒有辦法，對所有的病人，有足夠的時間去觀察時，特別是小兒科的醫生，應該好好聆聽小病患的媽媽們，詳細地娓娓道來，縱然她們的話常常犯短話長說，但是為了未來的主人翁，豈能不洗耳恭聽？更可惡的是，豈可不問明白，就給我來那麼一針，每一趟一針？不過話也得說回來，一天要看那麼多的病人，難怪大部分的醫生，也就無暇觀察了。

可是，我還是有話說。千萬不要把小兒科當作形容詞解釋成，小氣、簡單、隨便誰都會、或是沒有問題等等。小兒科應該是一個專業的名詞，不是所有的醫生都能替小孩子看病，他必須經過嚴格的訓練，才能替未來的主人翁看病。看倌，你說是不？

末了，對媽媽有關貓頭鷹事件，有個補充。其實事情很明顯，就拿我怕打針來說吧，怕到後來連穿白衣服的理髮師我都害怕。這種交替反應模式，成為反射條件的時候，已不是思考的問題，連自身都不明其理。

其實媽媽小時候，跟舅舅抓到一隻貓頭鷹。大家都說牠白天看不見東西，媽媽以為是這樣，所以大意地從自己的飯碗裡，抓一條小魚逗牠。沒想到貓頭鷹一下子就衝向她，利爪抓住她的頭髮牢牢不放，媽媽不但被嚇破了膽，頭皮也被抓破了幾道，血流滿面。從此就種下了貓頭鷹的陰影，一直附在她的潛意識裡。這一點爸爸當然不知道，連媽媽自己也忘了。希望爸爸以後不要再提貓頭鷹了，特別是，不可以讓媽媽以為我就是貓頭鷹。這是很危險的遊戲，媽媽一反射過度，我會被……。我不敢說了。

兒童公園

媽媽又不高興了。從她替我換尿布片的動作，我就知道她又為爸爸出差的事生氣。這種現象屢試不爽，一有出差，就不高興；並且出差時間的長短，與生氣的程度多少有關係。像我們這一家三口的小家庭，一家之主的爸爸幾天不在家，這個家就失去重心，媽媽就不安，她一不安，我也因為不安而特別愛哭。這種愛哭又不是尿布濕了，肚子餓了，太冷或太熱，而是心理的，精神的，所以抽象得叫媽媽拿我沒有辦法。我的哭聲只有讓媽媽更煩躁，她更煩躁，我更哭個不停。這種惡性循環，只有讓我哭個累的份。但是媽媽的心情，一直籠罩在低氣壓的氣團裡面。這毛病大概不只媽媽如此，可能別人的媽媽也有不少人如此的吧。不然媽媽豈不變成怪物？既然這種毛病這麼有代表性，就得有一個名稱才對。最近「症候群」這種專業名詞，也變成一般人的常識，那麼就把媽媽這種毛病，就稱它為「出差症候群」吧。

其實這種「出差症候群」，有些部分是妄想得來的。治它的療效並非醫藥，必須靠自我醫療；也就是說要靠病患自己有正確的觀念，對事實有合理的思考。如果媽媽一味地可憐自己，一廂情願的自憐，心裡的陰影就變成傷害自己的魔鬼了。

誰叫爸爸是一個公司裡面的小職員?只有聽命於事，不由自己做主。特別是營業部，那是前線工作，最緊張的單位。他上個禮拜才出差，這個禮拜又到屏東出差三天。爸爸說別人家的新產品全面鋪貨，為了穩固經銷網，隨時都得保持機動。就因為如此，他的出差率很高，並非他愛出差。其實媽媽以前也跟他同一個單位工作過，應該知道這種情形才對。媽媽之所以不能諒解的原因，是她耳輕愛聽樓下奧巴桑胡扯。那個人明知道媽媽為爸爸出差的事不愉快，她還說什麼男人最愛出差，晚上在他鄉天高皇帝遠，逮住機會難免有特別節目，不然在旅店也不會寂寞。這些無端的話，讓一向清白的爸爸，在媽媽的幻覺妄想中，惹了一身葷。

說三天後回來的爸爸，突然提早半天回來，這在媽媽來說，是一件意外，平常出差回來都是深夜凌晨。原來正陷入由出差症候群所引起的煩躁、食慾不振、失眠、懶散、消極悲觀的媽媽，反而精神一振，口是心非地衝著爸爸說：

「還不到深夜你回來幹什麼?!」

要不是早摸透媽媽的小毛病，一場唇槍舌劍的比鬥難免。

「我在內埔買到客家人的豆菜乾，燉排骨很開胃。你這個不愛吃飯的，這一道菜包你吃兩碗飯。」

「七月芥菜假有心。」

「毛毛呢？」

「才睡著不要去找他。」

「看一看總可以吧。」

媽媽緊跟著爸爸走近我的小床，爸爸禁不住伸手想摸摸我的臉頰。媽媽很快地把他的手拉開，並且把爸爸推到外面去。

「這孩子好奇怪，你不在的晚上特別愛哭。」

「為什麼？」爸爸問。

「想你啊！」

「你不想？」

「不要臉！你最好不要回來。」

「真的？」

「誰稀罕？」

爸爸改口很正經地說：「對了，後天還得出差四天。這一次是到花蓮和臺東。」

媽媽的臉拉得像馬臉那麼長。爸爸緊接著說：「騙人的是王八。」

「是啊，你是王八。」媽媽知道爸爸是開玩笑之後，覺得肚子有點餓。她說：「你留在家，我到超級市場去買排骨，順便買一些菜。小孩子醒來的時候，你就抱抱他。」

媽媽才踏出門，爸爸就溜到我的床邊，他看著我的睡臉，禁不住湊他的臉過來，聞我呼出來的乳味，爸爸說我有一身很好聞的乳香。他太興奮了，三天沒刮的硬鬚扎到我的嫩臉，我難受得醒過來，哭了一聲，爸爸嚇了一跳，馬上就把我抱起來，並且嘴裡唸著對不起唸個不停。我看是爸爸，我也很高興。我原諒了他，不哭了。

爸爸抱我出去散步，他心血來潮，抱我走了一段路，到附近的兒童公園去。那地方距我家，走路算遠了一點，坐車又嫌近了些，媽媽不曾帶我去過。她說想買一部嬰兒推車，本地人說「奶母車」。但是國民住宅區裡不多見，因為土地太貴，樓梯間蓋得很小，沒有地方放這些車，有的話，早就被腳踏車擺滿了。媽媽的理由還算充分。不過建造國民住宅，應該為老國民考慮電梯，為我這種小國民考慮放奶母車的地方才對，不然就不要用國民兩個字蓋住宅。

公園裡很熱鬧，鞦韆、滑梯、蹺蹺板還有其他好玩的設施，都給小孩子占滿了，反正那些東西我都還不會玩。來這裡看看綠色，呼吸些新鮮的空氣就不錯了。在閒散之間，說時遲，那時快，爸爸抱著我突然往旁跳開，閃避一只猛力飛來的硬球。要不是他及時敏捷的反應，我可能被硬球擊中腦袋，後果不堪設想。感謝爸爸，讓我免於災難臨頭。到底是誰這麼缺德，在這種地方投擲硬球？原來是一群中學生哪。

所謂兒童，當然自嬰兒以至中學生全都是。可是它可不能像一處大雜院，什麼都容得進來。至少應該有所規定，符合在這裡面的人的健康和安全才是。我們已經擁有不少一流的硬體，但是說起來，有時連三流的軟體都沒有。

當爸爸抱我坐在涼椅休息的時候，附近有一個大約五歲的小姊姊向我走過來，大概是想來和我玩。這時小姊姊的媽媽大聲叫著說：「不要靠近那小女孩！」她轉口氣，一邊叫一邊跑過來。「娃娃——，來媽媽這裡。」她趕過來抱起小姊姊，跟我們有意保持一段距離，並對爸爸說：「對不起，我的女兒患了百日咳，我怕她傳給你的小孩。」說完笑笑就走開。

回家後，爸爸有幾件得意的事，向媽媽報告。第一件當然是敏捷閃避硬球的事，拿它來證明，他過去在學校裡確實是運動選手，並非吹牛。再來就是：「有位太太很有見識，唯恐自己小孩患百日咳傳給別人，她叫我們的毛毛不要靠近他們。」

媽媽睜大眼睛問：「你說是太太？她一定是聽到昨天警察電臺的主婦時間。」媽媽一點也不認輸。其實這多麻煩，如果有傳染病的小孩，一定得出來外頭的話，大家可以協定一下。凡是有傳染病的小孩，一律都得結一條紅絲帶，或是戴一頂紅帽子，提醒別人注意就是了。

「嗯？」媽媽叫著：「有一股臭味哪裡來？是你的腳！」

爸爸蹺起腳，看到鞋底接鞋跟的地方，夾一團土黃色的東西。「呀！是狗屎！真糟糕。我是去兒童公園啊，怎麼會跑到動物園去了。」爸爸的幽默，讓媽媽笑得心都開了。出差症候群暫時不見了。她變得樂觀進取。她說：

「快去洗洗腳，肚子餓了，要吃飯了。」

感謝人類的智慧，你的名字叫幽默。

豈敢消夜

自從坊間出現育嬰指南之類的書籍之後，大部分的嬰兒就開始受災受難了；至少做為人的嬰兒的尊嚴，一開始就受到損傷。

其實，育嬰指南這一類書籍，和《如何養雞賺錢》、《養豬發財》、《飼養寵物大全》、《培植蘭花百科》，還有《愛犬寶鑑》等等，它的目的和理念都是一樣的。毋容置疑，都是關心受養育培植者的健康，關心其發育和成長，並且把所有同類的雞隻，或是同類的豬隻都看成同一隻來飼養，把所有同類的蘭花都看成同一株來培植，一樣的，也把所有的嬰兒都看成同一個人來養育。當然這在管理上，為了效率，為了成本確實是合乎科學的。但是照顧嬰兒，又是同一個時間只照顧一個人，固然養育嬰兒也需要合乎科學，其科學性應該是包括嬰兒的個別條件，例如體質和個性才對。有人會懷疑，嬰兒才出世不久，哪有什麼個性，繁雜的先不說，就指消化型和神經質的就好。前者食量大，能填飽肚子就心滿意足，睡得真香。後者呢，自己放個屁都嚇著自己，動不動就哭，有時鬧夜夜哭，哭得爸爸都後悔結婚。所以說嬰兒是各有個別差異的，不能以一概全，以一本育嬰指南就要統治我們嬰兒的天下。我們嬰兒是未來的主人翁，從開始就要重視我們做為人該有的尊嚴，絕非雞鴨豬狗可比擬。

媽媽早在生我之前，就擁有一本育嬰指南，她已經讀得滾瓜爛熟了。泡牛奶時，她就像讀化學實驗，幾匙奶粉幾匙糖，幾CC幾度的水，裝在高溫殺菌後的瓶子等等。真沒想到，育嬰指南裡面除了化學、細菌學、物理學之外，還有心理學，如何對付嬰兒。美學，如何讓嬰兒欣賞音樂。選擇玩具和小床還得注意人體工學。疫苗學、生理學，還有養育的觀念哲學等等。難怪媽媽讀完這本書之後，讓她覺得很充實，很有信心。

當然，我的起居生活都由那一本育嬰指南為藍本。在吃的方面；白天吃三次奶粉，早上和晚上吃母乳。最近幾天，到了半夜肚子裡好像有什麼事敲醒我，前天也不例外，我哭了。三點鐘了，媽媽半醒半睡地替我換紙尿褲，又把我放回去。過去的話，我就這樣睡了。但是這天不同，重點不在濕尿褲，是在肚子裡腸子裡的轆轆作響，我肚子餓了。我拚命地哭著要吃奶，媽媽卻無動於衷，只是把我抱起來輕輕拍拍，想哄我睡著。我還是不領情，哭個不停。她小聲唱歌給我聽，歌聲的單調和懷抱中的輕搖，融合成一團魔幻，我就中了奇妙的催眠作用，竟然能夠餓著肚子睡著了。

第二天，我在爸爸和媽媽的爭論中醒過來。原來天已亮了。

「為什麼不讓他吃飽奶睡覺？」爸爸問。

「育嬰指南上面說的。說夜裡不要給嬰兒吃奶。」

「為什麼夜裡不可以給嬰兒吃奶？我們還不是常吃消夜？」

「怎麼扯到消夜？小孩子的胃要休息，夜裡吃奶胃就不能休息。」媽媽說。

「原來如此，夜裡吃奶使胃部加班而勞累。」爸爸點點頭連著說：「有道理有道理。」

別開玩笑了，是奶水不夠啊。我的老爸。

我為了糾正爸爸和媽媽的育嬰知識，昨天夜裡哭得更凶更賣勁。爸爸咕噥著。媽媽又抱起我，口裡哼著、手裡搖著，我雖堅守了一個小時，但是，最終還是抵不過她那溫柔的雙管齊下攻勢，我又睡了。

今天早上，爸爸媽媽又因為我夜哭的事爭論，我多麼冤枉啊，好像有什麼不愉快的事，都是由我這個人引起的。其實他們能對嬰兒的養育知識下一點功夫，又對個別的，例如對我有更深刻了解的話，我也就不會找麻煩。我的夜哭，是因為肚子餓，讓我填飽肚子就行了。爸爸和媽媽應該回憶一下他們過去看的歷史故事書，那裡面的老百姓或是農民的造反，都是因為吃不飽啊。他們並不是天生的暴民，同樣的我也不是天生的夜哭鬼。

「沒有什麼好辦法嗎？已經哭了好幾天了，我的工作那麼忙，睡眠又不足，你叫我怎麼辦嘛！」爸爸雖然把語氣壓得很低，但這話在媽媽聽來，很不是滋味。特別是話中的「你」字，好像就是指著媽媽問罪。

「你沒睡，我就睡了？小孩子夜哭是我要的？你這個人說話差不多一點好嗎？」

「我只是說一下，幹麼生那麼大氣。」

「你有沒有想一下你的話？能聽嗎？」

「你這個人真奇怪，我，就算我說錯一句話，那又有什麼關係。」

「不是話的問題，是心。你自私，你沒良心，你……。」

「好了！你有完沒完！」爸爸也大聲起來。

場面到這種地步，總是要我來出來調停。我直覺得空氣緊張，然後一聽到聲音大，我就哭起來，媽媽剛剛給我吃的奶水，也吐出來。他們看到這個現象之後，馬上把注意力集中到我身上，講起話來也變得細聲細氣。

媽媽抱起我輕拍著我，貼在我的耳邊輕聲地說：「對不起，對不起，寶寶乖，媽媽不乖……」

爸爸也過來，真正地帶著歉意和悔意，和著媽媽的話說：「對不起，都是爸爸不好，對不起……」

他們倆把緊張的空氣解凍之後，我直覺得舒服多了，不哭了。

「小孩子夜哭，是不是病？要不要帶去看醫生？」爸爸客氣地問。

「我想不會是病。」

「會不會是肚子餓呢？」

爸爸終於說對了。但是，他只是猜，語氣疑問而沒有力。所以一下子又給媽媽推翻了。媽媽說：育嬰指南認為小孩子半夜不能餵奶。就在這時候，我的敵人出現了。就是樓下那一位奧巴桑，她是來向媽媽要一點薑蔥之類的東西。她一聽到我們的問題，馬上插嘴為媽媽助陣。她說：

「不，不，千萬不要在半夜裡給小孩子餵奶。這還得了，一養成習慣，你每天晚上都得起來一次。小孩子從小就得養成好習慣，有規律，不然一哭就有奶吃，他就會被你們寵壞。我養了四個孩子，他們都長大了，他們沒有一個是在夜裡吃奶的。」

難怪，他們的孩子都瘦瘦小小的，神經質得很。再怎麼說，她的話在爸爸媽媽這種菜鳥聽起來，就像金科玉律。

這位奧巴桑怎麼可以一言斷定我和他們的孩子一樣?人是一個一個各別的精製品,每一個人絕對不會一樣。媽媽與其抱我唱一小時的歌哄我,不如讓我吃十分鐘的奶水,那麼大人和小孩不就都可以好好睡個飽嗎?

媽媽,育嬰指南是讓你參考,不是要你當聖經啊。

量體重

為了半夜裡爭取填飽我肚子的空虛，我的啼哭終於獲得解決了。這是我連著幾個晚上，犧牲睡眠自力救濟所贏得的勝利。

自力救濟，這幾年來在臺灣相當盛行，常被報章雜誌和電視新聞指為社會的亂象。許多中產階級的人，特別是婦女，也從皮相的認識，表示他們的極度厭惡。甚至於，當他們面對電視鏡頭發表譴責言論時，相對地也讓他們暴露了他們的膚淺和自私。

人權鬥士金恩博士說，自力救濟的聲音是長期被忽視的群眾聲音。我贊成這樣的說法。幾天前我的食量加大的時候，到了半夜肚子就唱空城。我為了表達我的處境哭幾下，卻沒人重視我實質的問題，還嫌我煩，連他們失眠的痛苦，都怪罪到我身上。我是一個嬰兒，我只有用本能的哭叫，來做為我自力救濟的手段。

媽媽和樓下那位好管閒事的奧巴桑，堅持她們的觀念，認為三更半夜不該給小孩子吃奶。媽媽是根據某一本育嬰指南的書，奧巴桑是根據她自己帶的幾個瘦小孩子的經驗。她們深信平時家教管教嚴格的話，半夜裡啼哭的「惡習」是可以矯正過來的。

有幾天，媽媽在爸爸的抗議之下，要求在我夜哭的時候，試著餵奶看看。媽媽雖然搬出某某博士的育嬰指南，壓制爸爸的實驗派，可是到後來她的心也有些動搖了。可惜爸爸自認為育嬰是他的外行，沒有信心做為他的依據，同時，他又沒看出媽媽對權威的動搖，就這樣，媽媽的堅持表面上占了優勢。但是從那一天，媽媽得到樓下那一位好為人師的奧巴桑聲援之後，更不顧爸爸的意見和反對，儘管讓我哭得死去活來，她只想盡辦法，要使我睡覺。授奶的事根本就不考慮，她還變本加厲，認為上床後，不宜吃過多的水分，洗澡後的果汁也取消了，改在隔天上午給我吃。

我的自力救濟比街上的老百姓特別，至少我不用被指為暴民蒐證，然後事後算帳。每個晚上，只要肚子不能吃飽，我照哭不誤。可憐的媽媽，對問題的認識被誤導之後，她自然偏離了主題，往不關緊要方面的細節去想。她以為晚上的燈太亮了，由燈光的刺激使我不能一覺到天明，她去換了一個小燈泡；另外還規定爸爸在我醒來時不許嚕囌。但是，無論媽媽限制水分也好，換裝小燈泡也好，或是用最柔和的歌聲唱搖籃曲也好，我沒有達到我真正該獲得的權利，我的自力救濟行動還是不罷休；我還是沒停止半夜裡的哭泣。

早上爸爸匆匆忙忙地準備上班，媽媽不敢在爸爸上班前上廁所，怕占到他的時間。爸爸上廁所的同時做好幾件事：看報紙、刷牙、刮鬍子、擦臉、梳頭。出來之後，烤麵包機裡的兩片麵包，早已跳起來等抹油擦醬。總而言之，爸爸在這方面利用時間，顯得十分有效率，分分秒秒都抓緊在手裡。

媽媽眼看爸爸衝出門，她心裡才放鬆下來，正想給自己沖一杯咖啡享受一下的時候，門鈴響得很急。她應門一看，竟然是爸爸。他手上拿一張用奇異筆寫了字的紙張，很不愉快地遞給媽媽。

「這是什麼？」媽媽還沒看到字。

「有人貼在樓梯口。你看好了。」他掉頭就走了。

那一張紙上面是這樣寫的：

「千拜託，萬拜託。請不要讓你家嬰兒像半夜的鬧鐘，把這一棟樓的人都叫醒過來好嗎？一群失眠的人敬啟。」

媽媽看完，頭一抬，看不到爸爸。她氣憤地在門口說：「過分！」

屋子裡的電話響了。

媽媽接電話，一聽是爸爸的聲音，她又說：「太過分！」

「你是說誰啊?」
「寫這一張字的人啊!還說什麼整棟大樓人,一定是我們隔壁的。我看那個男的長得鴿頭鼠臉的,就是愛做這種放暗箭的事。……」
「太太,你不要再怪別人好不好?」
「那要怪我對不對?你也怪我,我知道。……喂、喂、……喔,你還在聽怎麼不吭聲?……。」
「你再這樣不冷靜,我要掛電話了。我會遲到啊。……」
「要掛就掛嘛!」
「我看到二〇八來了就掛。但是,我不是生氣。真的,毛毛這樣的哭,要是換別人,我也會在這張紙上簽名。喂,你有沒有在聽?呃!有什麼好哭?……」
「你都不知道我帶毛毛帶得多辛苦,多緊張啊,你只會跟別人一樣怪我。」
「不要冤枉我,我怎麼會怪你?我比誰都了解你的辛苦,哎!二〇八來了。你還是去請教第一次找他的那一位老醫生吧。是遠一點,但是他比較有經驗。車子來了,我要掛了。再見。」
媽媽上午跟老醫生掛個電話,約好時間,就帶我去看老醫生。老醫生還是老醫生,他一看到我,就讚美我長得很可愛,還說我聰明。我真不明白,他根據什麼說我聰明,這話是說給媽媽聽的吧。看媽媽一臉愉快的樣子，這話確實很中聽。老醫生接著又稱讚媽媽說她照顧我，照顧得很好。他強調又是頭一胎，又是自己帶，很不容易。媽媽樂了，並且心裡頭許多重塊的東西，好像一時都被老醫生拿掉了。

老醫生吩咐護士小姐替我量體重。她把我的體重資料遞給老醫生看了之後，他發現我最近半個月來的體重，增加得很慢，比標準少了。

「你奶水不夠嗎？」醫生問。

「很正常。有什麼問題嗎？」媽媽還把她如何遵守某某博士的育嬰指南，限定我吃奶的次數和習慣統統說出來給醫生聽。她為的是想要人家再肯定她，好讓她回去，拿權威的肯定去殺殺爸爸的威風。沒想到老醫生很不客氣地說：「人啊，最愛做自作聰明的事。所以像你們這一類的母親，比野獸更不會養嬰兒。獅子、老虎、野狼，牠們的嬰兒壯得很。因為牠們是絕對根據嬰兒的需要餵奶。育嬰——，就得以嬰兒為本位，不是以我們方便為本位，還要找一個冠冕堂皇的理由做擋箭牌。……」

媽媽還算老實，等爸爸一回來，就把老醫生的話說給爸爸聽。

「我說對了吧！毛毛還是肚子餓才哭。」爸爸得意得要命。為這件事，他被媽媽的權威壓得不能隨便講話。「今天晚上再哭，就給他吃奶。」

媽媽還是不屈服。

「我來把白天的奶調濃些試試看。」

對這個方法，我是不答應的。白天濃奶口感不好，還是喝不完。其實，與其一次喝很多，不如少量多吃的好。

調濃奶的辦法沒能制止我的夜哭，爸爸再也不讓步了。不管嬰兒指南怎麼說，如果夜裡再不給我奶吃的話，爸爸說他的身體就要支持不住了。

晚上我又哭了。爸爸起來把我推到媽媽懷裡，媽媽就讓我吃奶。

呀！多好吃的奶啊！就在我需要的時候，奶就從我口中流入肚子裡。我填飽了肚子，放心地沉睡了。

育嬰指南上面說的事，如果違背了嬰兒的需要，它的價值在哪裡呢？用最適合自己嬰兒的方法，使小孩子充滿活力，快樂地長大，這才是最好的育嬰方法。

尿布套

「……有些母親心軟，禁不起嬰兒哭幾聲就趕緊跑過去抱他。這麼一來養成習慣之後，他不喜歡躺著的時候，動不動就哭，做母親的得馬上放下手上的工作，去抱他，搖他。哭，變成嬰兒向母親勒索的手段。當一個母親被嬰兒當作勒索的對象時，就算她是三頭六臂的母親，也只有疲於奔命。」媽媽還是把育嬰指南當聖經研讀，還在這一段字的旁邊槓一條紅線，表示重要，並且，還字正腔圓地朗讀給爸爸聽。

「你聽到沒有？說得一點也沒錯。」

「不過，有關半夜餵奶的事，你的這本聖經上說的，就和事實有出入了。」爸爸從心底就討厭那一本育嬰指南，只是他沒有具體的有關這方面的理論根據罷了。

「那是我們毛毛特別怪癖。」

「至少這本指南對毛毛不實際，這是事實吧。」爸爸把報紙一抖，又隔開媽媽的視線看報。

「你那麼能幹，你另外寫一本。」

爸爸本想糾正媽媽討論問題的態度與方法，但是為了怕媽媽心煩容易生氣，於是把話吞下去了。

媽媽看啊看的，禁不住興奮起來。她伸手按下爸爸的報紙說：「你聽這一段『讓小孩子哭一哭又有什麼關係？哭不一定是壞事；當小孩哭的時候，身體裡面的器官都在震動，這是內臟的按摩，對小孩的健康有好處。為了你們愛的結晶，為了你們心肝寶貝的健康，讓他吵一吵又有什麼關係？值得的，不要那麼小氣。』聽到嗎？這位博士說道理還不忘幽默。」

爸爸快耐不住了。要不是看媽媽最近為我失眠操勞，脾氣怪異了些，他真想把那本書搶過來，丟進鄉下人的灶肚子裡面。不過，氣還是要洩一下的。他說：

「博士當然不簡單，可惜他只知道一種哭，按摩內臟的哭。哭有千百種，有的哭得脫腸變疝氣，有的哭得臉發紫窒息，有的哭得最後已不知道為什麼哭，變成愛哭的機器，有的……。」

「毛毛長大一定和你一樣怪，一哭起來，還哭起脾氣來。才幾個月的嬰兒哪！你說遺傳多可怕。」

「你說到哪裡去了？好好，你看你的育嬰指南，我看我的報紙。」爸爸又拿起報紙，隔開媽媽的視線。

「選舉有什麼好看，我偏要投給六號。」

還好，爸爸氣極反而變成大笑，實在覺得媽媽太無理取鬧，像小孩。

「有什麼好笑？有什麼好笑？真的，我偏要投給六號。」

爸爸不停地笑，媽媽也笑起來了。好在是這樣完美的收場，要不然爸爸認真起來，媽媽又不讓的話，一場很不愉快的爭吵一定免不了。你說一本胡說八道的育嬰指南，受害者豈止嬰兒我，連家庭的和氣都受傷害。

好為人師可以，要教人家怎麼教育小孩，只要教人家正確觀念，或是原理原則，千萬不能教人家技術問題。每一個小孩都不一樣的，教甲的方法不一定可施之於乙。

一般來說，所謂的大人，是一種最自私的種族。他們看小嬰兒沒有發言能力，氣勢凌人，一點也不重視我們的人權，還加以蹂躪。

隨便舉個例，就拿尿布套來說吧。在紙尿褲盛行其道的今天，尿布套這種東西，實在落伍了。可是爸爸和媽媽的朋友，都是宜蘭縣環保聯盟的會友，早就力勸我們不能用紙尿褲。說紙製是騙人的，大部分還是化學纖維，丟棄後不會爛掉，所以在美國、日本已經造成很大的一種公害。爸爸在他們面前拍過胸，表示支持了，所以我才落得包尿布套，在現代的嬰兒裡面，我算落伍了。

其實我是不在乎落不落伍。我在乎的是健康舒服，尿布套最違背這個原則了。我想這樣的東西，最初是為了穿新衣服的媽媽設計的。為了預防外出時，嬰兒在媽媽的新衣上撒一泡尿的關係，在尿布外面包一層雨衣的材料，保住肥水不外流，媽媽也不會在外出醜。

不過，我現在用的，外觀已經設計得很美觀，穿著也方便，只要上下左右扣上釦子就絕不漏尿。聽說，在鄉下不興紙尿褲，還是以尿布套占多數。不然，我豈不成了古董？話說回來，尿布套不透尿的意思是，撒出來的尿都集在裡面，所以包在裡面，不透水不透氣真是不好受。人間曾有過水牢，那是對付大人。難道對付嬰兒半價，只泡下半身？

自私的大人諸公啊！特別是製造尿布套公司的董事長、總經理，以及你們的夫人，你們自己先做幾件大的試試看。在大熱天裡，在不通風的公寓房間裡，下半身緊緊地包一層貴公司榮譽出品的玩意兒，到底是什麼滋味？

本來人的皮膚有調節溫度的功能；熱的時候出汗，使皮膚涼快，可是尿布套阻止了這一項重要功能。冷的時候還好，因為不必散發體溫。但是，從我有生以來一直都很熱，一直在受難。我痛苦得渾身不舒服，我只能哭。媽媽有時會解開來看看，裡面沒濕，她又包上套子，再接再厲。我又哭著試試。可是媽媽唯恐我被抱而慣壞，以後經常要人抱就糟，所以不理我。腦筋轉不過來的媽媽，嬰兒可真冤枉。事情總是必須發生異狀，才會想到原因，這種不見棺材不落淚的後知後覺，也太接近不知不覺了吧。

這種尿布套的枷鎖，的確使我苦了很久，也用哭聲訴苦過多次，可是沒有異狀，媽媽就不覺得有他。有一天事情不妙了，我的屁股、髖骨間都發紅發爛，洗澡時他們才發覺。第一天媽媽還沒發覺這是和尿布套有絕對的關係，她百分之百相信痱子粉的廣告，以為撲一撲爽身粉就行，套子照套。要等到第二天，看到包套的範圍，長滿了痱子的時候，她也許才知道吧?但願如此。

從這件事來看，中國人虧他有一位偉大的孔夫子。孔子說過，己所不欲，勿施於人。就算那位做尿布套的董事長和夫人，還沒試穿特大號的尿布套，但是也該為嬰兒設想一下。還有媽媽們也一樣，為心肝寶貝設想一下，能多為嬰兒設想嬰兒才會變成心肝寶貝。

可憐的孔夫子先生，你說的，現代的中國人都忘了。他們現在只知道廣告說什麼了。你說：己所不欲，勿施於人。廣告說：犧牲血本，最後一天。結果大家都往百貨公司跑。

兒童樂園

一般來說，做媽媽的人，都喜歡聽到別人對自己子女的讚美；縱然有些讚詞過分慷慨，而有肉麻之嫌也不以為意。然而這種言詞上的讚美，還比不上她的子女，被星探發掘出來當小明星來得更高興。

有一陣子了，星期天難得碰到天晴，媽媽為我們下午在兒童樂園與太陽有約，早上把雨天累積下來的換洗衣褲，全都幹掉了。

下午，我們一家兩代，做了三人行同遊。當我們趕到兒童樂園，太陽公公早就在頭頂上等我們了。太陽公公還挺周到，他派了三個影子隨伴我們三個。我們走到哪裡，他們就跟到哪裡。

兒童樂園裡面很熱鬧；有大人帶小孩的，也有小孩帶老年人的，還有雙雙對對的情侶。沒有醉漢，沒有暴徒，我還以為這才是真正的和平樂土。很多人以各種遊樂設施，或是花園作背景拍照。爸爸抱著我，向媽媽說明正盛開的大理花種時，突然一個拿相機的人，對著我們拍了一張，然後不發一言站在那裡對我們笑。他是一個陌生人，爸爸對他的冒失感到不愉快。

「你這個人，至少也該打個招呼啊。」

那個人笑著說：

「打招呼再拍的話就不自然了。」說完他低頭從照相機的底部，拉出一張相紙。「你們馬上就可以看到，照相不打招呼的美妙。」

原來他是用拍立得那一類的快相機拍的。他把那一張相紙，拿在手上搧了搧，影像慢慢就顯現出來了。

「你們看！」那個人很有信心地說。

爸爸和媽媽是看到照片了，並且也覺得很滿意。可是爸爸緊張地說：

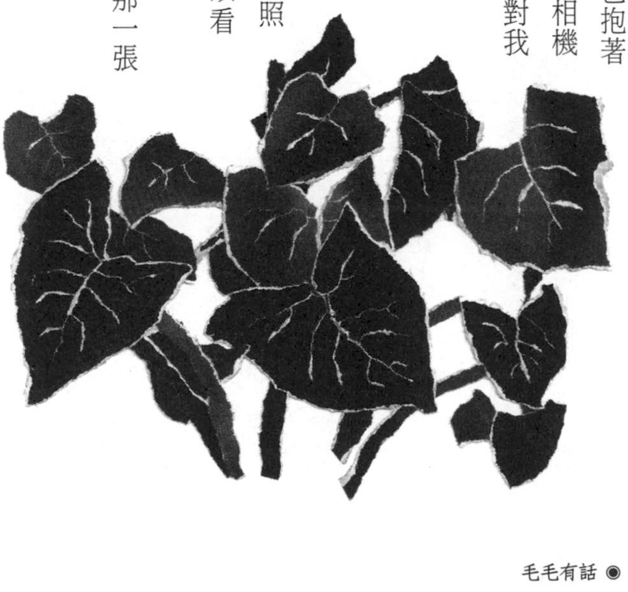

「我們不準備買相機，我們就買這一張照片就好了。」心裡還擔心對方開價。

「不！這一張照片送你們。」

爸爸媽媽連謝不停。那個人接著一邊掏出名片一邊說：

「我是大眾廣告公司，我正在替我們的客戶，天使奶粉物色廣告明星。我覺得你們的寶寶很上鏡頭，不知你們願不願意，讓他上電視廣告？這是我的名片。」

聽了廣告公司的人的話，爸爸笑著看媽媽，媽媽嘴巴咧得更開看著爸爸。

「你覺得怎麼樣？」爸爸問。

「你呢？」

兩個人假仙了一下。

「這樣好了，我現在就回公司，你們商量一下，四點到四點半之間給我電話好嗎？」他馬上用大哥大跟公司聯絡。「喂——，接天使。——喂，哈奇。是，我找到我們要的。我這就回去。有沒有事？——好，拜。」

爸爸媽媽愉快地目送著他。

「我們可以把廣告片多拷貝幾支；一支給你媽媽，一支給我媽媽，一支給我大姊，一支給我二姊，這樣幾支了？」媽媽說。

「連我們自己留一支，一共五支。那你的意思是贊成囉？」

「你反對？」

「你贊成的話，就照你的意思吧。」

第一次聽到他們講話，是這般地餓鬼假客氣，不過這也是生活經驗累積的技巧。因為媽媽從生了我之後，精神過分緊張，脾氣變得容易生氣，特別對爸爸的話，連無心或是玩笑，都會認真起來，所以爸爸已經懂得說話要小心。而媽媽呢，她自己也發現自己有新媽媽症候群的現象，所以她也小心自己。再說，以父母親來講，子女上電視多少令他們感到光榮和驕傲，還有錢可以賺，這豈不叫做名利雙收？

「現在幾點了？」媽媽問。

「一點四十五分。還有時間，我們還是去轉一轉。」

說也奇怪，我還是我，但是經過廣告公司的星探注意我之後，爸爸媽媽就只注意我的頭臉。還是打個比喻比較容易明白。我爸爸和媽媽的眼睛就像攝影機，他們只拍我的頭臉做特寫鏡頭。一部電影特寫太多的話，會令觀眾覺得噁心的啊。說要去轉一轉，他一看到一張情人椅有空，馬上就坐下來。媽媽從爸爸的懷中接我過去，兩人開始只品我的頭，而不論足；媽媽說我的眼睛很漂亮像她，爸爸挑一個還沒評定的五官，說嘴巴像他。媽媽馬上否定，說嘴巴也比較像她。不過媽媽還是有點良心，她說耳朵像爸爸。一般人照鏡子的時候，讀自己的臉千遍不厭倦，但是常常漏掉耳朵不讀，特別是男人。爸爸聽媽媽說我的耳朵像他時，他很機械地去摸一下自己的耳朵，而臉部的表情，卻有些悵然。

當然到兒童樂園來，就是要讓小孩子玩得快樂，自然我們會去看吊纜車、小火車、雲霄飛車、碰碰車、旋轉馬、鬼屋等等，其實這對我還是一個嬰兒來說，倒是不適合，大概爸爸媽媽到了這裡才明白過來。另方面我不到許多小哥哥小姊姊的年紀，我還不會吵著要玩。所以我們這一趟是純逛兒童樂園，沒花什麼錢。不過大人也不要高興得太早，總有一天我會來花錢的。這裡各種各樣的遊樂設備，每一樣東西都得買票才能上去。這些小哥哥小姊姊們，一來這裡就玩瘋了，每樣東西都要試一試，有的還一試再試，百試不厭。那麼，當大人的就連叫吃不消了。我們到處都可以看到，大人們百般設法迴避，或逃避小哥哥小姊姊們的要求。這麼一來，像這樣的兒童樂園，是要把人間有錢萬事通，有錢能使鬼推磨的哲學，傳授給小孩子的地方了。難道臺灣整個社會都在「向錢衝」還嫌不夠，還要來一個這麼勢利的兒童場所嗎？如果這類的兒童樂園，國家能夠把它納入教育跟兒童福利工作來做，經營者就像校長，服務人員像老師，他們都受過教育學科訓練的話，把兒童樂園變成學校，把各種遊樂設施當教室，這該是多好哇！我想這不只是我毛毛的夢想吧。不然你看，在目前現實世界的這個兒童樂園，當有些小孩子看到別人的父母親，慷慨地買一大堆票的時候，而自己的父母親卻設法避開，這是不是傷害了小孩子原來對父母親的信賴？

我單單讓爸爸抱就覺得累，爸爸和媽媽一個抱我一個提東西，繞了一大圈的兒童樂園，他們也累了。我們揀了一條池邊的長凳坐下來，我喝了家裡帶來的牛奶，但是天氣熱，牛奶可以填飽肚子，止不了渴。我很想喝清淡的開水，我哇哇大哭來表達我此刻的需要。我們嬰兒的語言就是哭叫，簡單是簡單，像我媽媽之流的就聽不懂。好在他們也口渴，所以猜對了我的要求。可是難題來了，到處去找也找不到供應開水的地方，有的盡是賣罐裝、鋁箔包之類的飲料。難道叫口渴的人都必須花錢喝汽水，喝色素和化學香料的飲料嗎？再說，這些使用完的瓶瓶罐罐，還有保麗龍、鋁箔包的東西，快把大半的臺灣埋藏了。這樣的罪過，也要讓我們兒童插一手。真怪！明明寫的是兒童樂園的招牌，連一個讓小孩子喝開水的設備也沒。可見唯利是圖到這般，真卑「　」可「　」！上面兩個空字，請你去填吧。

爸爸媽媽不會忘掉要跟廣告公司打電話。快要四點就聯絡上了。他們要我明天下午兩點，到他們公司去。事情定案了，我就是天使牌奶粉的小明星了。有人說人不可貌相，但是要當明星，就非得貌相不可。請等著看我的廣告片吧！再見。

當小明星去

一般平常的日子，對某些人而言，卻是很特別的日子。今天天晴，太陽照樣從東邊出來，外面沒有人掛國旗，街上沒有任何遊行，也聞不到爆竹聲，爸爸照常要上班，什麼都顯得平平淡淡。可是，我親愛的媽媽，她一大早精神就抖擻，滿屋子裡散播著她輕快的腳步聲。因此，我也起了一個大早。早安！太陽。早安！小鳥。

今早媽媽的聲音有些高亢。她向爸爸說：

「自從我懷毛毛以後，我就沒買過衣服了。噢！有啦，買過兩件布袋裝和內衣褲。有什麼辦法，不然沒有一件可以穿的，像樣的衣服一件也沒買過。今天要帶我們的小明星去拍片，卻找不到一件像樣的，……」媽媽的話一會兒在廚房，一會兒在臥室；她是邊走邊講話，只是走到廁所門口時，會略微停下來，話照講。因為爸爸就蹲在裡面。

爸爸並沒有像媽媽那麼興奮。他蹲在抽水馬桶上，還睜不開眼睛，口裡的哼、啊，只是隨便出聲應付媽媽罷了。

「今天早上我必須做兩件事：先去做頭髮。我這頭髮像鳥窩，好久好久沒做了。」媽媽從臥室走向客廳，「第二件事，我要去買一件衣服。你說我穿什麼樣的衣服比較好看？」

爸爸根本就沒聽清楚媽媽在說什麼，人家問他話該回答答案時，他還是瞇著眼哼啊、啊呀虛應對方。好在媽媽今天的心情，像是全身三萬六千個毛孔都吃了人參果那樣的愉快。要不然，這種情形，在我們這種小家庭裡面，管不了外頭陽光普照，我們自有我們的氣象。

「你啊！」媽媽走到廁所門口；爸爸在家上廁所，通常都不關門的。媽媽叫著說：「還睡！等一下被抽水馬桶沖走了都不知道。」看到爸爸一下子驚醒過來的傻樣子，媽媽禁不住地笑起來了。

像陀螺的媽媽，轉啊轉啊，又轉到我的小房間裡來。她看到我醒著，她說：「喲！你這小鬼，今天怎麼起得這麼早啊。今天媽媽要帶你去當小明星，你也知道高興，靈精鬼。好好，媽媽去泡呢呢給你。」她一轉身又去廚房了。

對了，這裡有幾個我們嬰兒和媽媽之間的常用詞彙，例如前面用到的「呢呢」

（NeNe），是臺灣話奶、奶水，或泡好裝在奶瓶的牛奶的意思。還有「小雞雞」，我們叫做CooCu'。很臭叫「臭MoMo」。我們的詞彙大部分都是疊音；像爸爸、媽媽、我的名字毛毛、怕怕、乖乖、……，這就是我們的特色。

剛才媽媽還驚訝我早上起得早，其實我是被那帶有些亢奮的講話聲、笑聲，和腳步聲吵醒的，不過這總比被他們吵架吵醒好多了。父母親的心情，常擴散到空氣中，感染到嬰兒。這一點，嬰兒特別敏銳。像今天，媽媽的心情特別高興，在我小小臥房的空氣中，我也能夠吸取到那一份喜悅，所以我也莫名地愉快起來。要不然，嬰兒醒過來沒人理他，他會先哭啼幾聲再說。

沒多久，媽媽手搖著呢呢又走回來。她對我說：「呢呢燙燙，等涼一點再給你。來，我們先來西西。」說著把奶瓶放在一邊，馬上過來解開我的尿布。當她發現我的尿布還是乾的時候，她一直稱讚我是乖寶寶。她想，她可以少換兩張尿布片。她情不自禁，低下頭撥弄一下我的小雞雞，我的小雞雞經她一撥動，像觸動了開關，一泡強而有力的尿水，正巧對準她的臉噴將過去。媽媽驚叫一聲，馬上用手掩面。媽媽的叫聲嚇哭了我，我這麼一哭，丹田著力，尿水噴得更急。當媽媽發現，連她的衣服也波及的時候，我自己的臉也淋到。我不知道這天上的水是哪兒來的，怎麼對準我的臉澆過來？所以我哭上加哭。媽媽拿起要來替換的尿布片，趕緊蓋住我的下體。結果，原來還沒濕的尿布片，還有旁邊乾淨的也都濕了。媽媽的衣服，全都密密地中彈了。

聽到媽媽的驚叫，和我的哭聲，爸爸從馬桶上醒過來了。他跑過來慌張地問：

「怎麼了？怎麼了？」

可是他看到媽媽在笑，他覺得奇怪。媽媽回頭看到爸爸褲子還沒穿好的慌張模樣，使她笑得更厲害。她笑著問爸爸：「你到底有沒有擦屁股啊？」說完又笑。

爸爸有點不高興，他正經地說：「到底發生什麼事了？小孩子還在哭哪！」

「你看嘛！」媽媽轉過身來，讓爸爸看個清楚，然後把剛才的尿水事件說了一遍。

「小孩子的尿有什麼關係，人家還當藥喝哪。」爸爸笑著說。「大驚小怪。」

「好啊，以後每天早上我叫你來喝。」

今天早上略嫌吵鬧，但是，因為愉快，偶爾如此也無妨。爸爸還說我以後長大，一定是當消防隊長。這麼說，現在的消防隊長，他們嬰兒的時候，都曾經向媽媽的臉上噴過尿？

媽媽真有辦法。上午把我托給樓下的奧巴桑，她跑去做頭髮，買衣服去了。我真不明白世人對明星的看法。原來我在這位好為人師的奧巴桑的眼裡，只是一個愛夜哭、不遵守起居習慣的嬰兒。可是經媽媽告訴她，說我就要去當電視廣告明星之後，她一口答應媽媽托嬰，對我也刮目相看起來。她抱我到小公園，逢人就說我要去當小明星的事。公園裡的三姑六婆，還有不少太太，她們都過來跟我評頭論足。還好，說酸溜話的沒幾個，大部分都肯定我有小明星相。

說兩點到拍廣告片的攝影棚，媽媽帶著我一點十分就到了。首先媽媽還以為找錯地方，怎麼沒人？後來問鄰居才知道沒錯。那麼，其他的問題就是聽錯時間了。好在我需要睡個午覺，媽媽把我平放在亂七八糟小客廳裡的桌子上，讓我睡了。媽媽從早就興奮到現在，就是吃了人參果的三萬六千個毛孔，再也舒展不起來。可是怕睡著誤事，她還是撐住精神，等跟她聯絡的那一位星探來。我不知道媽媽是怎麼挨過三個鐘頭的，我醒過來的時候，聽媽媽在接星探掛來的電話。對方說，因為去接片子裡做我媽媽的一位歌星，所以慢來。媽媽明明一肚子氣，嘴巴還連連說：沒關係，沒關係。

在等歌星的這一段時間，攝影棚已經開始拍狗食品的廣告。媽媽抱著我站在邊邊看，由於好奇，媽媽也就忘了疲倦。這個部分的狗明星是一隻大狼狗，據說比賽得過兩次的冠軍。拍攝的時候，一只黃色塑膠盆盛滿狗食，擺在地面上。狗主人哨子一吹，這隻叫哈囉的狼狗，馬上跑到狗食前，腳還沒站穩，鼻子就埋入狗食裡，動起嘴巴來了。站在攝影機旁的導演，很滿意地叫了一聲「Cut！」接著他又說：「好！最後一次成功。」大家都拍起手來。這時候，場務叫起來了：「喲！不行！」他撲過去要從狼狗的嘴裡，搶回一塊生牛排。導演說：「就讓牠吃吧！你這個人。」大家聽了，全都笑起來。原來這一塊牛排是埋在盆子裡面的，為了要狼狗表演出愛吃這個品牌的狗食，讓狼狗顯出迫不及待的模樣，把鼻子都埋入狗食裡。

「整理一下，接著要拍天使牌奶粉。大眾廣告的人來了沒有？」導演問。

「去接雅雅還沒到。剛才打過電話回來，大概快了。小孩子來了。」

「請把小孩子帶過來好嗎？」

媽媽把我抱到大鬍子導演面前。他對我笑，但是我看不出來。他伸手在我的脖子搔癢，我笑了，那是因為我睡飽了。導演對我很滿意，媽媽高興得很。

本來導演一看時間已經六點多了，說先去吃個飯再回來。這個時候，叫雅雅的歌星進來了。她遲到幾個小時都不覺有歉意，一進來就說她九點要趕到華視錄影，深夜要趕到高雄，因為第二天中午有秀。就是這樣的一位大歌星，要在廣告片裡當我的臨時媽媽。

廣告公司的人介紹我們跟她認識。她見了媽媽仍然有些傲氣，見了我，她高興地叫著說：「好——可愛唷！來，阿姨抱抱。」說著就從媽媽的懷抱中，將我抱過去，並且連連在我的臉頰吻了幾下響聲的香吻。

我覺得她過分自信，自信得有些粗魯。她以為我和其他在旁邊的男人一樣，渴望她抱抱吻吻。她錯了！我抗議她庸俗無禮。我哭了。

媽媽趕緊過來把我抱過去，口裡還說：

「唷！你這個小孩真不知好歹，阿姨是大歌星哪，她抱你有什麼不好？傻瓜。」如果是爸爸，媽媽就不會有這個度量。

導演給我們說明了劇本，我的戲是讓雅雅這個歌星抱出來亮亮相而已。最後，雅雅說：「你的孩子就是天使，天使喝天使奶粉。」

旁邊有個人說：「導演，有一種褲襪也叫天使牌，何不也叫他們來一起做廣告。廣告的最後說：媽媽穿天使牌褲襪，嬰兒喝天使牌牛奶。有味道噢——。」

大家知道他胡鬧，大家笑一笑，工作就開始了。因為時間不早，他們考慮到我要睡覺，所以有關我的部分先拍。說是這麼說，開始工作時，也已經八點了。爸爸也跑來關心我們。可是，不管這位雅雅是多大牌，我一開始就不喜歡她，所以媽媽一把我交給她，我就哭。剛開始大牌還有點耐性，到後來，導演要她重來，她也不高興了。我儘管媽媽怎麼哄騙，怎麼利誘，我都堅持我的決定，絕不妥協。其實，我對她的厭惡，除了第一印象之外，還有她的狐臭，也叫我難忍。首先是被她的香水矇騙了，後來香水的香味淡化，壓不住腋下的狐臭，這味道叫我不安，我們嬰兒一不安，就是要媽媽。我們要媽媽抱在懷裡，聞到媽媽的那一股體味，還要聞到媽媽的那一連串均勻的心跳，我們才會心安。但是，到後來，我連對那攝影棚的環境，那裡的燈光、氣味，還有人影都感到害怕。只要在裡面，媽媽抱，媽媽搖，我還是哭個不停。爸爸看到這種情形，要媽媽帶我到外面散散步。結果，我在外面睡著了。廣告公司的人，出來找我們再回去拍時，爸爸和媽媽已經商量好了，不忍心吵醒我回去再拍，即使是不拍這個廣告也在所不惜了。

最後發生什麼事，我不知道。我醒過來的時候，已是第二天早上。媽媽在電話中向爸爸說：「真難堪，我告訴好多人，說毛毛要上電視了。他們都等著要看。怎麼辦？……」

我有福

對不起，先讓我深深地嘆口氣。

唉——！

你們一定還記得，我上一回去當小明星，拍天使牌奶粉的廣告，結果沒有拍成的事吧。

唉！一提起這件事，就叫人不由自主地要嘆氣連連。人家常說，英雄沒有當成變狗熊，我的情形也差不了多少。沒想到這麼糗，這麼窘，這麼尷尬，這麼難堪，還有，還有，對了，這麼灰頭土臉的事，竟然叫我在這小小年紀，就嘗到了人生的酸辣況味。

不！我才出生六個月哪。只幾個月，哪有歲月的年紀可言。可見，我的壓力有多大？太不公平了。老人家常說，小孩子嘆氣，以後命苦。現在就夠苦了，以後？

可是，媽媽也不好過。她也嘆氣。事情一開始，她是何等興奮。她抱住電話發佈影藝消息，讓花蓮的奶奶和嬸嬸伯伯他們知道。屏東外婆家，還有大阿姨到小阿姨也知道。外婆還說，要不是隔天就開鏡，她真想上來看拍片。好在沒有來，現在她兒子的明星夢泡湯了，對她來說確實是一個打擊。看她產後第一次做的頭髮，全都塌下來的情形，就知道事態何等嚴重。

聰明的爸爸，這一陣子在媽媽的面前，連屁都不敢放。說不定有人認為這是爸爸怕媽媽的關係。不對，當媽媽還陷入情緒上的苦惱時，並不是理字可以說清的。不信，讓我爸爸來實驗一下：

「阿淑啊，今天我下班後就不回來接你，六點半之前你自己就先到，我會從公司過去。對了，記得準備紅包。我們全家人都參加了，包兩千塊錢。我那一條花領帶呢？咦？我的襯衫還沒燙啊？阿淑，你怎麼不說話？」

「要去你自己去！」

「是你的班長結婚，又不是我的班長，並且我們生毛毛的時候，她和她的未婚夫來看我們兩次，每次都送禮和紅包……」

「我說不去就不去！」

「我知道你還在為毛毛拍不成廣告的事難堪。事情都過去那麼久了，別人才不管這種事。再說，是我們不要的……」

「我的臉皮可沒有你的那麼厚！」

「誰厚！」爸爸也惱起來。「你厚到敢不去參加好朋友的婚禮，我不敢！」

砰！門重重地關上。我被嚇哭了。

「阿淑——！你給我回來！」

結果爸爸抱著哭不停的我，眼看上班的時間就要遲到，早上一大早有會要開。

爸爸並沒有這麼做。他是經過認識媽媽，和媽媽生活在一起之後，慢慢學習，調適得來的。這種學習成長，也不是爸爸，或是某些人的專利，其實媽媽也學到了不少。只是對這一件事，媽媽一時看不開。不過，任何人都是不停地在學習，在成長吧。相信不久的日子，媽媽會把它化成笑話，說給別人聽。那時候，媽媽豈不是又跨出了一大步？而我的嘆氣，縱然還會有，也不會還為這一件事吧。一定是新的，例如女朋友不理我了，或是什麼考試僅差一分了。說真的，爸爸和媽媽從結婚之後，他們一起學習了不少，也成長了不少。像爸爸看到媽媽不愉快的事，他在旁先陪小心，這就是證明。做為家庭的一員，特別是有嬰兒的家庭，大人的這種互為體諒是非常重要的。要不然動不動就引起家庭裡的大小風暴，當事人以為只有他好幾天不愉快。其實不要以為我們嬰兒混混沌沌，什麼都不知道，我們嬰兒天生敏感，敏銳地收集著四周的訊息，換成是一隻出生不久的小動物，或是小蟲子，牠早就逃開或是求救。我們人類的幼小生命也一樣有這種本能，只是他是高等動物，一出生不能馬上獨立，無法馬上逃離不安的環境，因此只好在原地，挨不安激起他焦灼，環境和條件沒改變，長久的焦灼就傷害了人格發展，性格上的形成也產生偏向。這一切，這一些，在媽媽信奉的那一本嬰兒寶鑑是一字未提的。其實，這比奶粉怎麼泡，尿片怎麼換還重要，它是一分一秒在雕塑著嬰兒的。

好在我有一個觀察力敏銳的爸爸。他上班前告訴媽媽說：

「阿淑，你班長的喜酒我去就好。我隨便告訴她說孩子感冒好了。」

「你這烏鴉嘴！」

「那我就說你感冒？」

「——」媽媽笑了。

「那我就走囉。」

「等一下，我正好要到站牌那裡買牙膏和洗髮精。」

媽媽抱著我，爸爸提著〇〇七，我們就一起走到二〇八的車牌招呼站。車子很快就來了，爸爸擠上去，車上人太多了，爸爸擠出一個小空隙，露出半個臉做鬼臉。他一定在裡面很大聲地說毛毛再見，我聽不見，但是我感覺得到。我看著爸爸走了，我哭了。

「傻瓜，爸爸去上班賺錢啊，賺錢買奶粉啊，晚上回來就可以和你玩啊……」

賣牙膏和洗髮精的超商，那麼早才沒開哪。媽媽也知道，只是想個藉口送爸爸一下。對這樣短暫的片刻，我愛得一再重溫那種情形。想想看：先生去上班，太太抱著小孩陪他走到站牌等公車。公車來了，先生擠上去。車子走了，小孩子哭了，太太貼著小孩子的臉，不停地跟小孩子說話。這是多麼溫暖的一家人啊！我要大聲地告訴大家，那位先生就是我親愛的爸爸，那位太太就是我親愛的媽媽，她手上抱的小孩，就是世界上最幸福的我，毛毛！

回到家以後，媽媽有些等不及，偶爾就看看鐘。最後她盤算一下，時間也差不多了，她掛了電話，爸爸在另一頭說：

「怎麼那麼巧！我剛打了卡。坐到位子上，你的電話鈴就響了，什麼事？」

「你有沒有看到？你車子一走，毛毛就哭了呢。」

「真的？」爸爸高興地叫起來。

「真的！」

「你不要再說了，你再說，我就想跑回去抱他玩。好了，我要準備開會去了。」

今天媽媽一掃這陣子的陰霾，她快樂起來。她並沒有告訴我說，毛毛我好快樂。但是我知道，空氣中充滿了媽媽快樂的分子。晚上，爸爸驚訝地在喜酒的宴席上，看到媽媽和我來參加了。爸爸和我們到新娘休息室去看新娘，新娘看到我連叫毛毛兩三聲，然後公然在新郎面前，抱另外一個男人我親親。我哭了，因為我聞到脂粉味，就想到拍廣告片那一位大歌星。我厭惡，所以我哭。

「啊！不知好歹，新娘親你哪，你哭？」新娘把我交還給媽媽，還連拍我屁股幾下。

「那一天拍廣告，就是這樣沒拍成。雅雅一抱他，他就哭。他沒有明星命，沒有辦法。」媽媽說。

「明星有什麼了不起。我們以後當總統！知道嗎？」新娘子對我好有信心地說。

我才過短短六個月的人生，大人對我的未來已經有三次的憧憬。第一次看我尿水噴得很高又很遠，他們就說我以後要當消防隊長。第二次說我可以當明星，現在又說我要當總統，跟李登輝爺爺一樣。總而言之，小孩子在大人的眼裡，有很大的想像空間。這也就證明，小孩子是大人的希望，這句話是正確的。

媽媽今天能參加朋友的喜宴，又提起我拍廣告失敗的這一件事，這說明了媽媽的進步是多麼地令人驚喜。我做為她的兒子，我有福了。願天下的媽媽進步，天下的孩子有福。

健康幼稚園後遺症

任何人的未來，都沒有我們嬰兒的未來，來得長遠。因為我們的生命才開始，根本還沒有所謂的過去。如果要為我們嬰兒的未來操心，那麼可操心、擔心、憂心的日子，可真長呢。我媽媽對我就是這樣。

自從臺北市健康幼稚園，出遊發生遊覽巴士火燒災變，燒死二十多名小哥哥小姊姊之後，這件不幸的事件就變成媽媽逢人便談的話題。她抱我去美容院，在梳她的頭髮時，她跟美容師和同樣來洗頭的女士小姐們談，跟樓下的奧巴桑，跟爸爸，在電話裡跟小阿姨和外婆她們談，八九不離十都是談健康幼稚園的不幸事件。談來談去，都離不開電視和報紙所報導的。不過，樓下的奧巴桑不知道從哪裡聽來的，她說有某一位這次失去愛女的媽媽，連著幾個晚上都夢見她的女兒，向她哭著叫嚷，說媽媽我很熱！媽媽我很熱！那位媽媽一驚醒過來，就哭得無法再睡。奧巴桑還向媽媽說，她不知道那一位媽媽是誰？她真想去告訴那位傷心的媽媽，叫她到紙糊店去訂一只紙糊的冷氣機，趕快燒給她的女兒，這樣她的女兒才不會在陰間受苦。我媽媽一邊聽一邊流淚，還頻頻點頭。我有些不明白，如果單純為那一位喪女媽媽的那一則夢，那確是辛酸得令人掉淚，然而那頻頻點頭，卻表示應該趕緊燒一只紙糊的冷氣機給被燒死的女兒，說不定媽媽的點頭沒有這個意思。可是，當她再把奧巴桑講的話，認真而嚴肅地重述給爸爸聽的時候，她並沒有把燒紙糊冷氣機刪略。爸爸聽了之後說：

「冷氣機？燒一部消防車不是更好？」

「你這個人真沒有同情心，這麼不幸的事情，你還開玩笑！」媽媽本來就一副嚴肅的臉，所以板起面孔，不必翻臉。

「你說燒紙糊的冷氣機，這不是玩笑，這是什麼？」

「那又不是我說的。」

「但是你重述那位老女人的話，竟然認真得令人相信，你是相信她的話。」

爸爸也真是的，非得把媽媽逼得無話可說不行。他們的冷戰一開始，我就覺得我有些輕微的窒息。有人說得不錯，他說：「要當嬰兒，不要當頭胎的老大。頭胎的老大，是一對男女當新爸爸和新媽媽的臨床實驗品。」豈止如此，還有他們相處還沒上道，也是頭胎老大的一虧。

下午，小阿姨來找媽媽，偷偷告訴媽媽說她有男朋友了。這個話題媽媽基本上很關心，也很有興趣，談啊談，後來還是談到健康幼稚園的事。媽媽把奧巴桑告訴她的話，只說到有一位媽媽夢見女兒叫熱的地方，媽媽又陪小阿姨濕了眼眶。媽媽想了想又說：

「我們樓下有一位萬事通的老女人，她說她去告訴那一位母親，叫人家去紙糊店，去訂一只紙糊冷氣機，燒給她的女兒。現在什麼時代了，說還有這種事。」

媽媽有了這種改變，她也不會讓爸爸知道，她認為這是面子問題，再說，這裡的面子問題，也是爸爸製造出來的。如果他能換一句話說，媽媽也會承認錯誤，並不牽涉到面子疼痛。

對健康幼稚園的這一件災難，媽媽他們，除了談談當時的狀況和現象，自然也會說一些，事後有先見之明的風涼話，也會批評這個那個，這些都沒什麼大雅可傷。但是，最最叫人難過的是，他們竟然同意臺北市的某位教育官員，在電視上說的話。他說「幼稚園的小孩，年紀還小，根本就不應該帶他們到遠地方去玩。」這個問題可以從很多個角度來看。例如，有沒有規定？根據什麼？有規定的話為什麼沒好好執行？再說，幼稚園的小孩不能遠帶，那麼木柵動物園的幼兒對象，只限定木柵地區的幼稚園參觀。不歡迎外地的、遠到的幼稚園小孩參觀。因為遠，所以謝絕了，要參觀等長大再說。請問那一位臺北市的教育官員，到底有沒有這樣的道理？

幼稚園這個階段的小孩子，對周遭的事物最好奇，在學習上也顯得最饑渴。所以他們問題最多、最奇怪、最可愛，並且經常不厭其煩地問，問得老師和媽媽常常招架不住。具有這樣好奇、好玩、好學條件的小孩，就以參觀動物園來說，他們比什麼年紀的人，更像是全票的參觀者，印象最深刻也是他們。在這個時候不讓他們參觀動物園，要等何時？木柵地區以外的幼稚園，因為他們離動物園太遠了，全都留在家裡，從畫冊上看獅子老虎就好了。連教育也要偷工減料，怎麼叫外面的工程不偷工，不減料呢？我相信只要帶過小孩子的人，他倒不必拿什麼學位修教育學分，他也會知道，讓幼稚園的小孩，多看多玩，他們會更聰明可愛的。這個年紀的小孩，當他第一次看到海，第一次讓海浪打在他身上的印象，是何等的深刻啊。從那一天，他抱著被海的感動回家之後，遼闊的幻想、無窮盡的想像，就在小小的心靈滋生。臺北市的小孩，離海有一段路程，請問，臺北市的教育長官，你要不要讓他們去看海？或是去看山？去造訪小甲蟲？去聽小溪流唱歌

呢？當然，能省一事就少一事，讓臺北市幼稚園的小孩子，像養飼料雞那樣，養在圈圈裡，吃漢堡看電視，這最省事了。這麼一來，省事事省，飯碗也牢靠。

不過，整個事件有很多學者和官員出來說話，其中郝爺爺說的最有道理。他說：

「健康幼稚園的慘劇，絕對不是偶然的。」

請注意。不是偶然，那就是必然，這是非常重要的基礎觀念。天底下沒有一件事情，是莫名其妙地從地底下突然冒出來的。有了這樣務實的觀念，人才會進步，事業才會有進展，社會才會幸福。因噎廢食、鋸箭療傷的官誰不會做？像健康幼稚園的事件，要是發生在先進國家，或是個人有擔當，有良心的人的身上，恐怕他是來不及吊銷幼稚園的執照，自己就先辭職了。

據說斗六有一所附設在豐泰鞋子工廠的托兒所，有一天，所裡的娃娃車，被工廠借調一下，去載幾只電風扇修理。結果這件看來並沒什麼不對的事，竟然引起王秋雄王總裁生氣，把當時的所長記了一個大過。王先生說：

「娃娃車就是娃娃車。那是載小生命的重要交通工具，平時要保養好。這樣隨便借給人家開，車子有了毛病怎麼辦？上面坐的是小孩子啊！還有這個例子一開，以後工廠方面再來借車，你借不借？」

「我想替公司省錢。」

「胡說！不要拿冠冕堂皇的假理由，掩蓋破壞規定的行為！」

舉這樣的例子，無非是拿來說明一個正確做事的觀念，和正確做事的態度。這樣的管理，這樣的要求，就是懂得任何事情，都有必然的因果關係。

唉！我知道，我今天變得好不可愛，官腔十足，都是媽媽和小阿姨，她們還在肯定那一個教育官員的話哪。

各位看倌，從健康幼稚園這件事來看，大家現在可以明白，照顧嬰兒的事，不是媽媽一個人的事，還要爸爸，還要全家人，還要全社會和國家才行。我們絕對相信，那些罹難的小哥哥小姊姊的爸爸媽媽，一定都把他們照顧得很好，但是，政府一疏忽，爸爸媽媽的心血，他們寶貴的性命，還有我們未來的部分希望，都完了。不是嗎？

我好怕，我到了幼稚園這年紀時，媽媽還不讓我去看海，造訪小甲蟲怎麼辦？親愛的神，請保佑我媽媽的「健康幼稚園後遺症」早日康復。謝謝。

斷奶食譜

健康幼稚園的不幸事件，已經淡淡地從社會的記憶中蒸發掉了。媽媽們的話題是物價，特別是菜價。也好，對我媽媽來說，轉移一下對我未來的緊張，不然事情好像衝著我來的，什麼都因為我。前兩個月，幼稚園租用的遊覽車發生災變後，媽媽都不敢帶我坐公車，現在她又帶我上下公車了。這樣的改變，並不是她想通了，而是淡忘了。

那一天，媽媽抱我送爸爸到公車招呼站，回到公寓門口，遇到樓下的奧巴桑，她看到抱在媽媽手上的我說：

「毛毛幾個月了？」

「過幾天就半歲了。」

「唉！」奧巴桑驚訝，而帶責備的口吻說：「你們年輕人，不要亂說話！六個月就說六個月。什麼叫半歲？這種不祥的言語是不能亂說啊！特別是對嬰兒更要小心說話。半歲就是折壽的意思啊！你怎麼可以說這種話？要是我們以前說這種話，是會受老人家嚴厲責備的。我們還要用『屎把篦仔』刮刮嘴巴，表示不算嘴巴講出來的話。」

「什麼叫『屎把篦仔』？」媽媽問。

「呃！『屎把篦仔』就是，就是……你們太年輕了，『屎把篦仔』也不懂。以前的人窮，哪有衛生紙，大便後，用事先劈好，比筷子短一點、寬一點、薄一點的竹篦仔，用它來擦屁股，這東西就叫做『屎把篦仔』。」

媽媽知道屎把篦仔是什麼之後，禁不住地笑起來。她還說：

「現在到哪裡去找屎把篦仔？」

「這不是開玩笑。現在找不到，你可以用另一種方法。自己在心裡頭唸『半歲』，然後摑自己的嘴巴摑三下，接著呸！呸！呸！三聲就可以了。以後不要亂講話。」

媽媽仍然覺得好笑。

「我是跟你說正經的。」奧巴桑認真地說。

「我知道，我知道。」媽媽趕緊歉意地說。「我媽媽從我懷孕以後，也叫我不能亂說話，亂動家裡的東西。」

「對啊，我們長一輩的人都知道的。」她聽媽媽說婆婆也很在意，她也高興起來。她趁勢又要來教年輕人。「六個月了，你開始給他斷奶了沒有？」她睜大眼睛，眼球轉了一轉。每當這位好為人師的奧巴桑有這種表情的時候，另一種災難就臨我頭上。

「六個月應該斷奶了，五個月就可以斷了，但是斷奶可要小心。我家的老大，就是我的大孫子，他斷奶就失敗過，所以斷奶不能不特別小心。」

又來這一套嚇沒有經驗的怪論調。為什麼她總是要發表這種怪論呢？年歲大的人，如果不吸收一些新知識，自然會感到一股壓力在淘汰他們。他們為了要證明自己，仍然有價值的時候，就把自己所知道的，不管合不合時宜，一味推銷給人家。最能達到他們目的的對象，就是像我媽媽這種沒做過媽媽的人，我媽媽一下子就陷入依賴別人經驗的陷阱。

「怎麼失敗的呢？」她很細心地問。

「我那個大孫子，馬上引起消化不良，積著了。小孩子連打兩個月的針藥才好過來。那個針可大哪！」奧巴桑好像在講述一篇恐怖小說。一本正經的，害得媽媽馬上被罩在恐怖的氣氛中，完全受到影響了。

媽媽一回到家，第一件事就是搬出她的育嬰聖經《育嬰指南》來研究。她反覆地讀了幾遍，甚至於連聲音也讀出來。大概不是很容易懂的樣子。那上面是這樣寫著：

「斷乳時之食物，可分三種。有基本食物、代替食物和變化食物等。基本食物是指穀類粉末和牛奶調混者。代替食物是指蛋黃稀飯、麵包稀飯、小麥稀飯之總稱。變化食物者，乃是上述之各種食物，再添加果汁或是蛋黃稀飯之謂也。基本食物之做法：穀粉十五公克，糖三公克，加食鹽〇‧二公克，均置鍋中，加牛奶一〇〇CC攪拌均勻後，擱在火上溫火……。」

媽媽不知道是好幾天沒洗頭呢，或是讀不懂育嬰指南裡面的這一段文字，她不斷地抓她的頭，刷刷刷，抓得很響，好像很癢似的。

沒想到斷奶竟然是那麼困難的事。就像鄰居樓下奧巴桑說的，失敗了會引起消化不良，以至於死亡。如果是這樣，地球上的人口也不會繁殖到今天，已經有五十五億人口了。

非洲草原的深處，以及北極的愛斯基摩人也都在斷奶。要是他們的嬰兒也引起消化不良的話，那裡不像我們臺灣，醫生過剩，到處都可以看到醫院廣告，那地方也找不到那麼大的針。那麼他們今天還會有人口嗎?真是謬論到家了。

晚上爸爸回來了，媽媽跟他談起有關我的斷奶計畫，媽媽決心讓我吃斷奶食品。她在牆上的日曆上，寫下了一些字，看來好像是要我每天早上，吃一次斷奶基本食物，分量是從一〇公克開始，每天增加一點，到第二個星期，開始連下午也給我吃。可是可用代替食物和變化食物，媽媽詳細填好一個月分。

這在爸爸看來，他是沒有辦法理解的。在他的記憶中，總覺得每一個嬰兒都會經過斷奶的階段，並且是一件很平常的事。哪有像媽媽這樣的刻意？爸爸還笑著說：

「我三歲才斷奶，因為我母親又生了一個弟弟，但是我還是不讓。結果我母親想了一個辦法，等我要吃奶的時候，她把兩片準備好的膏藥，貼在兩個乳頭上，騙我說母親的奶生病了。他們說，我還是不管，把膏藥撕掉照吃不誤。後來鄰居的人教了一套絕招，要我母親在乳頭上抹上辣椒。這一招果然奏效。」

「不要臉，三歲還吃奶。」

「現在毛毛吃你的母奶，也吃奶粉。要不要試一試，我去找兩片膏藥貼你的乳頭，用辣椒抹奶嘴。」

「開玩笑！斷奶失敗的話，可不是好玩哪！」她覺得爸爸總是愛說笑。

她在廚房，翻開育嬰指南，開始調起斷奶食物了。她手上拿著計量杯和兩公克定量小湯匙，在調和穀粉、牛奶。調好，她一臉和顏悅色地走近我的床邊說：「毛毛，媽媽給你好吃的。來！啊——」我的嘴巴還沒張開，她已張得可以吞進一頭大象。她用湯匙把一些糊狀的食物送到我的嘴裡。

我可能有爸爸的遺傳，喜歡吃鹹的。一般人都以為嬰兒都是愛吃甜的。錯了！有愛吃甜，也有愛吃鹹的。像我，就跟大人一樣。有些大人食量大，有人食量小，嬰兒也是人啊！一樣有食量大小的差別。不把嬰兒當人看待，是大人的本位思想在作祟。我愛吃鹹的，這有什麼稀奇？

媽媽是不懂這個道理的。我實在吃不消媽媽調出來的斷奶食物。媽媽拿我沒有辦法的時候，總是說：「來，乖。這是媽媽辛苦做出來的東西呀！」

合不合我的胃口，和媽媽辛苦做出來的食物，這是兩回事啊。「媽——少來這種苦肉計了，你辛苦我感激，但是東西還是無法入口的。你再裝出一副甜美的表情，我還是動不了心。省省吧。」

我頑強地抵抗，媽媽終於屈服了。她把我原來的食物還給我，我吃了整瓶的奶水，舒舒服服地睡了一覺。

到了晚上爸爸和媽媽在吃消夜的時候，我又醒過來了。媽媽又把斷奶食物遞過來。我不笨，我又拒絕了。媽媽拿我沒辦法，把我推給爸爸。爸爸誇我說：「不賴，從小意志就堅定，說不吃就不吃。」他順便舀了面前的湯給我。我嘖嘖地吸乾了。

「看！這小子愛吃鹹的哪！」

爸爸，你答對了。

姨媽的福音

至少有關育嬰方面，媽媽始終不相信爸爸的話。雖然爸爸發現我並不是一位愛吃甜的嬰兒，並且在吃晚飯的時候，拿菜湯實驗給媽媽看，媽媽也不相信有嬰兒是愛吃鹹的比甜更甚。人的偏見是根深柢固的。

媽媽又開始做育嬰指南上面教的，什麼斷奶的「代替食物」；那是將撕成小片的麵包，加牛奶和糖煮糊的東西。我才不吃這種「軟飯」哪！媽媽仍然一而再、再而三地試著要我吃，表示她的意志有多麼堅強。因我的拒吃，把頭擺來擺去，這種糊狀的代替食物，也就跟著黏在我的鼻頭、嘴唇和兩邊的臉頰。爸爸在旁笑著，說我是一隻花臉的花貓。他還覺得好玩，他說：「稍等一下。我去拿相機把毛毛的臉拍起來，寄去參加攝影比賽，說不定還可以得到金牌哪。」他大概沒看到媽媽不高興，一說完就轉身到臥房去。不一下，等他拿著相機出來時，他叫著說：「叫你不要擦掉毛毛臉上的白糊，你偏偏把它擦掉！」

「你啊！你這種人，只想拍照片得金牌，你兒子不吃代替食物，後果會怎麼樣你知不知道？」

「會怎麼樣？」

「告訴你，你也不會關心。你只關心拍照片得金牌！」

爸爸不管三七二十一，拿起傻瓜相機，對準媽媽生氣的臉就按快門。鎂光燈一閃，媽媽楞了一下，然後笑起來了。

「你幹什麼！這樣的照片能看嗎？」

「我就是要拍你這樣的照片。」

「我的頭髮這麼亂，衣服也沒換，也沒化粧。不要笑死人啦。」

「我就是要你這樣的照片。」

「有病！毛毛乾乾淨淨的時候你不拍，你要拍他滿臉髒兮兮，我這樣子不整齊你也拍。把相機拿過來！」

「要幹什麼？底片才裝，可不能抽出來啊！」

「我也要拍你。」

爸爸把相機交給媽媽，擺出一副正經的樣子。媽媽反對。

「不行！我要拍你最難看的樣子。」

爸爸連著做鬼臉，等媽媽要按快門，他又正經，媽媽始終抓不到讓爸爸現醜的機會，一方面媽媽也笑得拿不穩相機。媽媽抗議地說：

「這樣不公平！你拍了我，我都還沒拍到你。不管！你一定要讓我拍一張怪模樣。」

爸爸出其不意，轉個身，屁股朝媽媽，很快地把自己的褲子拉下來，馬上又穿上。也算媽媽機警，她搶了鏡頭按了快門，兩個人都笑瘋了。在旁的我，看到他們那樣失態的笑，那樣子，在我的感覺上，是一件很可怕的事。所以，他們笑，我哭。媽媽看到我受到笑聲的驚嚇之後，放下照相機，過來抱我。但是她還是止不住笑，原來她抱著我要說：「別怕，別怕……」可是，她一個字也沒有辦法說出來，笑聲只有更誇張了。我更害怕。我看她淚也流出來了，笑聲還是不止。她搖晃著把我抱過去，塞給笑得正彎腰的爸爸。他們兩個，把我推來推去，推了一陣子，爸爸接過我，媽媽馬上坐在地上，抱著腹部，雙腳像小孩子踢來踢去。爸爸看媽媽坐在地上，他馬上把我放在地上，自己也躺下來，翻來覆去，嗳唷嗳唷地叫。我呀！真不知道，笑竟然是這麼可怕。我哭得嘴唇發黑，張口無聲。有一段時候，我不知道發生什麼事，當我知道媽媽過來抱我的時候，她是哭著的。外頭的電鈴連續地響著，爸爸這才穩定了一下。「有人按電鈴！」

爸爸去應門。門一開，只聽見爸爸叫了一聲：「大姨。」而那個叫做大姨的女人，就用很大聲的嗓門說：

「我按電鈴的手指頭，都快按得脫臼了，你現在才來開門。起先還以為你們不在，後來還聽到你們的笑聲，還有小孩子的哭聲。這裡到底發生什麼事了？」

「阿淑！大阿姨來了。」

「怎麼了？」這位親戚走進來的時候，媽媽坐在地上抱著我，還沒有力氣站起來。

「發生什麼事了？」

「沒什麼事。」爸爸不好意思地說。

「你打太太?!這大姨可不原諒你。」

「不——是。我怎麼會打太太。」爸爸馬上過去，一手抱我，一手扶媽媽。媽媽滿臉淚痕，但是臉上好像又要綻開笑容。這種情形，讓經驗老到的大阿姨也摸不著腦袋。

事情經過爸爸很吃力的說明之後，大阿姨也笑了。「事情固然好玩，適可而止，不要以為笑是好事，笑也會笑死人的，戲上演的程咬金就是笑死的啊。我們家鄉有一個叫打鐵源的，他就是笑死的，中了當時二十萬的愛國獎券笑死的。還有笑也會嚇死人哪。剛才小孩子差些就被你們兩個的笑聲嚇死。」

這位不速之客的大阿姨，我應該叫她姨媽。她是花蓮縣的縣議員，這次參加旅行團到臺北，參觀市議會和立法院來的。外婆要她順道來看看我們，替年輕人在外頭生活打打氣。她生有八個子女，所以對養育子女有切身的、豐富的經驗，媽媽逮到機會就請教她有關斷奶方面的問題。

「我養了八個孩子，我記不得他們是幾個月後斷奶了。其實，有的孩子早，有的就慢一些，這好像沒有一定嘛。通常是這樣，大人抱著小孩子吃飯的時候，看他好像也想吃桌上的東西時，這時就給他吃。如果不想吃的，再怎麼給，他也不吃。有的愛吃稀飯，有的愛吃麵，也有愛吃麵包。菜嘛，也是從大人吃的菜裡面挑出來的，挑些柔嫩的給他吃。像毛毛還沒長牙的，吃蛋啊、豆腐和魚肉最好。」

這一套和育嬰指南的，完全不一樣。

「可是，」媽媽把她的育嬰指南攤開。她說：「大阿姨說的是以前的情形吧，現在和過去不一樣。你看，這書上就寫了好多嬰兒食譜和做法哪！」

姨媽從媽媽手中接過指南，戴上老花眼鏡大概翻了翻，突然大笑起來。

「這本書，一定是一些年輕小伙子，連結婚都還沒結，嬰兒都沒碰過的人寫的。我就認識這麼一些人，不過他們出版的是另一本，叫什麼育嬰寶鑑，或是……我記不清了，就是這一類的書。幾個人拼拼湊湊寫一兩本書，就登記出版公司。這怎麼行呢？這些光棍，好大的膽子，居然敢談些什麼育嬰。對這些人最好的懲罰，就是讓他們趕快結婚生小孩，看他們為自己的嬰兒怎麼手忙腳亂心慌。像我這樣養七八個孩子的人，才不做這麼麻煩的替代食物哪！」

姨媽說得真對，她的話就是我們嬰兒的福音。我真希望她能多說些，給媽媽開導開導。我正這樣期盼著，她又說：

「對了，平常說斷奶，好像就是停止給奶，改為我們一般人的米飯之類。不對，不對。並且斷奶，也不是一下子說斷就斷，應該是讓一向吃母奶或是牛奶的嬰兒，再吃些別的東西成為雜食才對。毛毛過去都吃牛奶？」

「不，不全是。開始都吃我的奶。現在早晚吃我的奶，其他就吃牛奶。」

「好極了。小孩子應吃母奶。你們知道嗎？現在的年輕人比過去的年輕人不聽話、比過去『牛』。」這裡必須對這個「牛」字加以說明。閩南話牛字，用在形容詞上，是說明一個小孩或年輕人不乖不聽話的意思。姨媽又說：「因為他們一出生就喝牛奶、不吃母奶，所以長大就變得很『牛』，道理就是這麼簡單。」

真好玩，真有意思。最近聯合國有關兒童福利的組織單位，才發表一份報告，勸人嬰兒要吃母奶。它除了營養、免疫之外，還直接影響小孩子的性格。還說現在的青少年性格變得比較暴戾，追其原因與吃牛奶長大有關。可見姨媽他們上一代的人，有先見之明，只是他們知難行易，說不出完整的道理而已。

姨媽抱著我，還有和爸爸媽媽，分別在家裡留了影。底片是媽媽拿去沖的，但是拿照片的事，媽媽硬忍著爸爸回來，要爸爸去拿。

「為什麼要我去拿？」

「我不敢。」媽媽又笑起來了。

當爸爸跨門要出去時，媽媽又叫了：

「拿回來不要讓我看，我一定會笑死的，一定不要給我看。……」媽媽又笑了。

肚子痛

一般來說，平時的生活，平時的日子最平淡了，就和喝開水一樣。媽媽不知道是從雜誌上看來的，或是從外國的電視影集看來的，她忙了半天，讓爸爸下班一回來，原想癱在沙發上歇一下的想法，一進門就沒了。

「今天是什麼日子？」爸爸愉快地看著。屋子裡乾淨了，整齊了。「這些玫瑰花很貴吧？到底什麼事呢？」

「你猜嘛！」媽媽笑盈盈地賣著關子。

爸爸走到飯桌前笑起來了。他看到桌子上的菜，有他最愛吃的醉雞，是附近江浙菜館買回來的，還有啤酒，還有一盒蛋糕擺在平臺上。

「不對啊！也不是我生日，今天也不是你的生日，更不是結婚紀念日。」想了想：

「你中了統一發票了！」他最後很有信心地說。

媽媽笑著搖搖頭。

「撿到錢了？」

媽媽還是搖搖頭。她看到猜不出來，笑得好得意。媽媽那一副忘形的得意勁，爸爸看起來不十分愉快。

「我不猜了！」

「你這個人就是這樣沒有耐心，沒有幽默感。……」

「啊哈！沒有幽默感是我平時拿來說你的，你竟然也說我。」爸爸看媽媽又要不高興的樣子，他趕緊說：「看嘛！才說我沒有幽默感，自己的臉就先板起來了。來！快告訴我，今天是我家裡的什麼日子？」

媽媽覺得很委屈；原想讓下班回來的爸爸驚喜一下，然後讓平淡的日子激起美麗的浪花。沒想到驚喜沒著，還被指沒有幽默感。想到這裡，媽心一酸，頭一別，難過起來了。爸爸不忍心媽媽難過，走過去要抱媽媽，媽媽馬上背著爸爸。爸爸雖然只能攔著媽媽的小腹，但是，他也心滿意足了。要不然，媽媽真的生氣起來，把爸爸的手格開，跑到房子裡把自己關起來。

「好了，好了，我不對，我沒有幽默感。」

「你沒有誠意！」

「這樣抱你還沒誠意？快告訴我今天是什麼日子？」

「假惺惺！」停一下。「今天是毛毛十一個月的生日啦，也不知道！」

爸爸鬆開抱媽媽的手，突然大笑起來說：

「十一個月的生日？十一個月的生日？」

「有什麼不可以？」媽媽又認真了。

「當然可以。不過，……」

「不過什麼?!」

「對！沒有什麼不對。」爸爸有點急，怕掃了今晚的興。「佛家有一句話說得好：日日好日。」

「我才不懂什麼學問，管他佛家不佛家。平日生活日子平淡得很，找個理由過個愉快的日子有什麼大驚小怪。」

「我現在完全明白你的意思了，非常有意義，我為剛才曲解你的笑聲道歉。來，你站好。」他走過去把媽媽扶好，自己退幾步，恭恭敬敬地向媽媽鞠躬說：「太太我錯了。請原諒。」

「神經病！吃飯了吧。」

「我們的壽星呢？」

事情總算沒掃興，我也當了主客，多分配了一塊蛋糕而已。我生日，他們樂。要不是他們平時生活辛苦，為我操勞，我真想表示抗議。罷了。

第二天早上，我肚子裡突然覺得像利劍刺進來的劇痛，我哭叫著醒過來。這是有生十一個月以來，初次嘗到這種痛不欲生的滋味。我的哭聲，大聲求救，最先是媽媽被我吵醒。爸爸昨晚多喝了一瓶啤酒，又和媽媽瘋狂做愛，所以，我的哭聲還沒法吵醒他。還有，公的動物，對幼兒比較沒有責任感。

媽媽急奔到我的房間，抱起我就先親親我，「毛毛怎麼了？」媽媽還沒刷牙的親親還是香，不過這對我的病痛無補，不能鎮痛。我痛得呼吸都快要停止了。

媽媽抱我到他們的臥房找爸爸。

「喂！毛毛有些不對勁。你趕快起來。」

與其說是媽媽叫醒他，不如說是我嚇了他。「怎麼了?!怎麼了？」

「我也不知道，看他哭成這種樣子。」

「臉色不大好嘛。」

「都是你昨晚上給他啤酒喝。」

「亂講。那一點點啤酒怎麼會！我看是你買的蛋糕有問題。」

我的嘔吐阻止了他們的爭論。我痛得幾乎要昏過去了，他們決定帶我去看醫生。等他們穿著好的時候，忽然間，我的肚子不痛了，舒服得難以相信。當他們抱起我的時候，我還對他們笑笑。

「咦！這就奇怪了，他好了。我一抱他，他就好了。」

「好！你一抱他就好，那你就抱他就好了。」媽媽看我說：「毛毛，你怎麼了？不要動不動就嚇人尋開心好嗎？媽媽常常被你這樣嚇得，快變成神經過敏了。」

「大概是做了惡夢吧。」爸爸很樂觀。

我才不是做惡夢咧，真正的痛得要死哪。我很想說明白，但是他們又聽不懂我的哭聲，還要誤解我的意思。

突然，剛才那種痛死人的絞痛，又回到我的肚子裡來了。我很自然地縮成一團，像在媽媽子宮裡的胎兒那樣。一來，這樣的姿勢有安全感；二來，腿縮貼肚，這樣一來肚皮放鬆，減輕裡面的壓力，疼痛就會減輕一點。但是還是不能叫我不哭。

「到底哪裡不對？」

「不管，我們去看醫生。」爸爸說。

叫了一部計程車，我們到上次去看病的小兒科。那個地方我還有記憶，我馬上聯想到打針，所以我哭得更厲害。我的肚子痛是每隔差不多十分鐘，就痛一次。在家裡疼痛過後，我還可以笑笑，在診所只有不痛也哭。我希望快離開這裡。

護士奧巴桑說醫生出去慢跑，要一個小時後才回來。

媽媽一聽一個小時，馬上跟爸爸商量，換一家看看。我們走到外面想叫車時，在斜對面發現一家外科醫院。媽媽有點擔心。

「現在管不了什麼醫院了，只要不是獸醫就好了。」

早晨，我們很容易就跨過馬路，很快地就進入這個外科診所的診療室了。出現在我面前的是一位爺爺級的醫生，因為他沒有穿白衣服，看來和普通人一樣，所以我不害怕，我對他笑了，老爺爺也對我笑笑。他向媽媽慢慢地、很周詳地問：

「……你是說他突然大哭一陣，像身體很不舒服，過了一會兒又不哭，也會笑。就像現在這樣？這樣反反覆覆已經有好幾次了？吐了沒有？嗯！只吐一些口水的東西。那當然，肚裡空空的，當然沒東西吐。有沒有發燒？沒有。現在看來也是正常……」

爺爺醫生點點頭向護士說：

「準備X光透視一下，從下面灌透視鋼液。」

我的肚子又開始發痛。老醫生對我點點頭。媽媽急著問：

「又來了。這是為什麼？什麼病？」

「嗯，有可能是腸子塞入腸子裡面，叫腸套疊。臺灣話叫相套腸，或說打腸結。情形順利的話，不必動手術。這要試試看。」

一聽開刀，爸爸媽媽相互看了看。以為他們把小孩抱入黑店，心裡有些納悶。

「年輕人，我不是在和你們說笑。」老醫生很權威地說。爸爸媽媽自然就被懾服了。

我被帶到暗室裡，冷冷的液體從我的肛門灌進去。

「果然不錯。」老醫生一邊說，一邊用手輕壓著我的肚子。這時候，肚子就變輕鬆了。

「剛才用高壓灌腸法灌腸，現在腸子恢復原狀了。幸虧你們來得早，一個鐘頭以內的話，可以不開刀，但是過了一個鐘頭以後就麻煩了。一般人因為判斷錯誤，以為小孩子還會笑，結果來遲了，就得開肚子，把腸子解開。要是被消化不良折磨的話，二十四小時以後，那時恐怕連開刀也治不了了。」

多可怕的事！據說很多父母親，家裡喜歡準備一些口服的成藥，連小孩的也有，像是什麼驚風散、小兒止痛丹、小兒抗生素等等。要是我家也有小兒止痛丹的話，這下子，我肚子可能不痛，但是腸子還是套在一起。二十四小時之後，不夭折才怪哪。

肚子痛，表面上看來只有一種，但是它的成因有上百種。愛吃成藥的臺灣同胞們，你是大人我管不著，但是我們小孩有病痛，最好帶我們去看醫生，能夠找到像看我的這位爺爺醫生當然最完美。

謝謝老醫生，你當我的爺爺好不好？爺爺。

女人的嘴巴

我患了可怕的套腸，而不經過手術就治好的消息，拜樓下那位熱心腸的奧巴桑傳播所賜，很快地成了我們這個社區的大新聞。

當媽媽帶我到小公園散步的時候，很多帶小孩子的媽媽們，圍著媽媽詳詳細細地問有關嬰兒套腸的問題。媽媽雖是將我的經驗，從老醫生那裡聽來的話，現買現賣，一五一十地說給人家聽。這樣，她一時也成了權威。

同時，由媽媽的講解與介紹，最受影響的就是那位臨時替我看病的外科老醫生了。大家聽媽媽說，套腸如果能早期發現，只要到醫院或診所施加壓力灌腸，就可以治好。這給她們帶來很大希望似的，這兩三天來，一有嬰兒突然大聲哭鬧，媽媽她們就唯恐是套腸，而急忙衝到老醫生那裡。一下子，老醫生像換裝了小兒科的招牌，候診室總是有幾個媽媽抱著哭啼啼的嬰兒等待看病。

老醫生撫摸著哭鬧不休的嬰兒腸部，用聽診器仔細聽病人的胸腔腹部，打針、灌腸、X光透視、檢查排泄物等等。聽說老醫生忙得腰都挺不直，還有醫生太太也加入護士的行列，忙得不可開交。

有些媽媽的心理很矛盾；一方面希望小孩子沒病，或是病輕一點，但是，當她們看到老醫生對她的嬰兒，和一般人檢查的是一樣，或是沒什麼話跟她們說的時候，心裡總覺得醫生敷衍了她，或是不重視他們的病。要是醫生說了他們的病有多嚴重，然後多做些手續上看來很繁複的工作，這才叫媽媽們心安。對方多要些錢也無所謂。其實，現在市場上不少年輕醫生，很懂得媽媽們的這種心理，而大賺其錢哪。可惜這位老醫生倒是還有些醫德，該做的都做了，該說的也說了，這還要他老人家怎麼樣？他大概也多多少少看出這些媽媽的心理，他很直截了當地向後來的媽媽們說：

「我是外科醫生哪。你們懂得唸我招牌上的幾個字吧？范外科——。嬰兒的病症，請到小兒科的診所去吧。至於，婦產科，也不要因為帶小孩到小兒科，就順便要醫生替你看病！」就因為有嬰兒的媽媽順便問老醫生要看病的關係，老醫生已經按捺不住了。

那些不滿老醫生的媽媽，因為嬰兒在診所內哭個不停，而又覺得沒有得到好好診療，她們走出診所後，就來找媽媽，順便看看我。大家都問著同樣的問題：

「我家的寶寶也是突然哭出來的，和你家的寶寶一樣。為什麼那一位老醫生說沒問題，沒關係？」

「他是醫生啊！」其實媽媽的意思是說，相信醫生，醫生說沒問題就沒問題。但是這樣的回答在那幾位媽媽聽起來，說了等於沒說。

「是啊，我們知道他是醫生。但是……」

「這真難回答，我又不是醫生。」媽媽在情急之下，又說了等於沒說的話。至少她們在渴望著有更具體的回答之下，就是這樣的想法吧。

不過，媽媽看在她們特地來造訪的份上，本著服務的精神，重新把外科老醫生那一天上午說給她聽，有關套腸的話，又重敍一遍。她說：

「套腸大概都發生在四五個月到一歲兩三個月大的嬰兒身上，和季節氣候沒有直接的關係。這種病症是突發性的，所以嬰兒突然大哭，同時臉色發白，不發燒，疼痛的情形是間歇性的；一會兒哭，一會兒不哭，甚至於高興時還會笑。這就是套腸的特徵。」

「隔多久發作？」

「大約隔十到十五分鐘，有規則的發作。每次發作，連續痛五六分鐘。在腸子互相套在一起還沒恢復以前，這種現象一直反覆發生。這時給他喝奶或進食食物，馬上就會吐出來。如果過了三四個鐘頭以後，套疊的部分腸子會出血。所以灌腸時，可以看到大便裡面有血。……」

媽媽的記性還不錯，老醫生的話記了一些，大致上也沒說錯。媽媽這時竟然從別人的媽媽的眼中，看到欽佩她的目光，而覺得有幾分權威感的醉意。因而她飄飄然地又說了一些育嬰指南上面，有關養育嬰兒的知識，而暫時延長了權威感，並且忘了時間，還用眼神傳達了「你們有什麼問題儘管問好了」的意思，讓這些媽媽們，又提出了套腸以外的問題。有一位媽媽說：

「我這個小孩有一次溢奶，過後就雙手握拳，兩眼往上吊，小腦袋不住地顫動，這樣隔一陣子就好了。後來不讓他吃太飽溢奶，就不再發生了。」

「噢！痙攣，……。」媽媽很自信地接著要說。

「對不起，等一下！」爸爸打了岔。其實爸爸回來一會兒了。他在另一旁的小房間，什麼都聽到了，只是沒打斷媽媽的談話。

「你什麼時候回來？」媽媽驚訝地問。

「剛回來。大家好。」

「是我先生。」

「對不起，打斷了你們的談話。我剛剛聽到這位太太，好像說到小嬰兒抽筋的事……」

「那叫痙攣，我還查過字典：ㄐㄧㄥˋ ㄌㄩㄢˊ。」

爸爸很嚴肅地說：「痙攣也好，抽筋或是什麼，只要是小孩子有毛病，就得去看醫生。不要道聽塗說，聽廣播、看雜誌或書刊就替小嬰兒診斷下藥……。」

「我們只是聊聊天，你緊張什麼！」媽媽勉強陪笑臉說：「我原來的意思也是說，小孩有問題最好找醫生。」

「這就對了，痙攣可不是開玩笑。要去看醫生。」

訪客是走了，她們卻留下了一場，先生不給太太面子的戰爭。然而同樣的一場戰爭，對爸爸來說，是一場不能侵犯專業的戰爭。因為戰爭的理由和目標不一，那天晚上，我們三個人睡三個地方：我睡我的小床，媽媽自動睡客廳，爸爸睡原來的臥房。

本地的古諺說得好：「夫妻冤家，床頭打，床尾和。」第二天他們大人經過一個晚上的反省，爸爸覺得太沒給媽媽面子，當場令她難堪，太不應該了。媽媽也覺得充當權威，特別是醫療的事，可能誤事。媽媽默默地準備了早餐，爸爸默默吃完了早餐就走了。這表示他們講和了。通常是，要不是媽媽不準備早餐，就是爸爸不吃早餐。唉！如果爸爸和媽媽能夠把自己內心的歉意，直接地表達出來，那該是多麼完美的事啊！管不了那麼多了，爸爸和媽媽能夠講和，那就已經不錯了。這大概就是他們另一種以默契來溝通的方式吧。可惜，微妙的默契竟用在這種地方。以後我結婚，我對太太有什麼歉意，我一定要把它說出來。同時，也要在適當的時機，告訴太太說，我是多麼地愛著她哪。嘻嘻，我這麼一想，臉都發燙了，真好玩。

因為是老醫生吩咐的，他說兩三天以後，不管我的情形怎麼樣，媽媽都得帶我去讓他看一看。媽媽利用上午的時間去，她想這個時間可能比較空，所以很快就可以回來。哪知道媽媽一帶我到范外科老醫生的診所，在外面就聽到，有不少嬰兒在候診室，舉行哇啦哇啦大合唱了。我們等了四五十分鐘，才輪到我們。老醫生一看到媽媽，還沒等她抱著我坐下來就說：

「這幾天小嬰兒的病患，多蒙你把他們帶來這裡的吧？」

媽媽聽起來，這句話語之中，有感激，也有多少的責怪。所以一時叫她不知怎麼說。她說：「是我家樓下奧巴桑說的，所以有好多人來問我。我說你這裡。這樣有什麼不對嗎？」

老醫生嘆了一口氣笑著說：

「我也不知道該怎麼說才好？你知道，這幾天，我的范外科儼然變成范小兒科了。你不會相信的，有七八個病患是從外鄉鎮來的哪。」

「真的?!」媽媽驚訝地說。

「女人的嘴巴是最好的廣告！」老醫生笑起來了。

最後，老醫生說我沒事了。他看我抓住他的聽筒不放，他就去拿一個壞了的跟我換。回家的途上，我掛在脖子上把玩著。在路上，在公車上，所有看到我的人，都付一臉笑容給我。這是社會新聞所看不到的社會，但是它卻是同一個社會啊。

養神豬

這些天我能扶著桌椅、牆走動的情形，把爸爸媽媽樂壞了。爸爸一下班，恨不得趕快回到家，看我多走幾步。媽媽早就打電話告訴外婆，說我會走了。阿姨也接到她的電話。小阿姨還專程跑來，好像要來看嬰兒的特技表演，所以她有點失望地向媽媽說：

「哪裡會走？只是扶東西才能移動嘛。」

「這就是走啊！不然你想要毛毛跑？」媽媽有點不高興。

我雖扶著東西可以移動，但是腳力還不足，稍站些時候，腳就會打顫發軟而坐了下去。熱中我走路的爸爸，也不看我累不累，老是蹲在遠處，拿著玩具誘我走過去。

「毛毛，來。在這裡。來來來……」

他很詐，當我移近他的時候，他就悄悄地往後退，我還覺得奇怪，怎麼眼前的一段小距離，我卻始終走不到。我乾脆不走，坐下來。爸爸又說：「毛毛，快過來，機器人在這裡。」我才不傻，我走近了他，他又會後退的。我坐著不理他，這樣反而他爬過來了。

昨天，爸爸很快地回到家，媽媽還在廚房忙著準備做晚餐。爸爸把我從欄柵裡抱出來，放在飯廳，讓我扶著桌椅，又要訓練我的體能。他轉過身不知去拿什麼，他回來突然看到我放手站著。

「哇！毛毛放手會站了——。」

我只聽哇一聲大叫，就嚇了一跳跌坐在地上哭起來了。

「怎麼了？」媽媽跑過來看。

「毛毛放手會站了！」

「騙人。」媽媽真想相信，但又不相信。

「我騙你會死。因為我叫了一聲，把他嚇倒了。不信我再讓他站給你看。」

爸爸把我扶好就放手。這樣連續做了好幾次，我都不想站，他一放手，我就坐下來。

「我就知道你騙我。」媽媽還揮著炒菜的鏟子說。

「你這孩子，真不給我面子。」

媽媽又回到廚房了。爸爸再接再厲，我又可以站起來了。這次爸爸不叫，他悄悄地跑到廚房把媽媽拉過來看。媽媽才跨出廚房，一眼看到我真的能夠放手站立，她也大叫起來。我一聽到媽媽高興的尖叫，又嚇了一跳，這次比爸爸嚇得還要厲害，我不只跌坐，還往後仰翻，頭還碰了地。

他們趕快跑過來抱我，安慰我，親我。

「怎麼？還說我騙你。」

「真的會站了。好聰明呃。」

「我們來買一部V8攝影機，把毛毛走路的情形記錄下來。」爸爸說。

「我們是無殼蝸牛哪！買房子第一，V8不便宜。」

「你現在不買，就記錄不到毛毛的成長了。他的成長，就是我們成就的紀錄。」

「你不要向我演講。糟了！我的菜。」媽媽跑回廚房。

我們在隔壁房間，才聽到媽媽在廚房鏗鏗鏘鏘鏟子碰鍋子的聲音，媽媽突然在我們身邊說：

「V8攝影機要多少錢？」

「不超過兩萬。」

「那麼貴?好吧!」

為了我，爸爸和媽媽只有感情，沒有什麼理智。急性子的爸爸，早一兩個月前就替我買了一雙小小的鞋子，放在鞋櫃上，和他的大皮鞋擺在一起。他是多麼地憧憬著我穿著小鞋，抓住他的食指，一道在外頭散步哪。這就是他們的希望，他們的夢想。我要加油，我要站起來，一定要達到爸爸的願望。

爸爸，我會努力，但是你不要操之過急。

另一邊，自從我會扶著東西走動以後，媽媽就說我是泥鰍，抱不住。我想到地上玩，那是我發現的新大陸，危險是危險，但是很新奇。我占有了新奇，把危險留給媽媽去為我當心。所以媽媽一直跟在後頭，這裡叫，那裡叫，弄得她神經兮兮。現在看到我就要上路了，她心裡有點憂喜參半。假如我能自由行動，留給媽媽來照顧的工作，就會更加緊張。

以一般來比較，我比別人好動。我充滿活力。我發現我有某些能力。比如說，把椅子推倒。在飯桌上，大人一不留神，把碗盤摔到地上，把湯打翻。這些都是我的能力表現。事後雖然小手會挨一點象徵性的責打，我也象徵性地裝哭，事情總歸不了了之。其實爸爸媽媽心裡還高興。

公寓房子真是沒有辦法讓我們嬰兒發揮活力的地方，聽說在鄉下就很好。這裡四面八方都是水泥，地方又窄，一點用武之地都沒有。

我以我所擁有的這股活力而感到十分驕傲。可是，這天，我卻受到莫大的恥辱。事情是這樣的：下午，媽媽帶我到社區的嬰兒保健所做例行定期檢查。有一位護士小姐替我量體重，她跟媽媽說：

「你孩子不是十一個月了嗎？十一個月大的小孩，要有八點九公斤重才應該，他只有八公斤。要多吃一點東西，不然就不能成為健康寶寶。」

「有啊！怎麼沒吃。他一天喝五百CC牛奶，一塊吐司麵包，一些魚肉，還有雞蛋和餅乾，還有水果和飯。這還不夠？」媽媽說：「就是想多給他吃一些，他也不吃啊。」

「你大概沒有耐心吧。多給他吃稀飯，至少要兩次，每次兩小碗，加一些牛肉汁。如果不方便，市面上有美國進口的保胃兒……」

這位護士還不忘廣告，她說著拿一小冊子「斷奶必讀」的印刷品給媽媽。這時候，門口出現了一個怪物。她指著他們說：

「你看看那個嬰兒。」

不只媽媽，在保健所小廳裡的媽媽們，也都把目光集注到被抱進門的嬰兒。那一位母親至少有七十公斤，懷中的嬰兒是一個小彌勒佛。

「那個嬰兒才週歲，他有十五公斤重。」護士在旁講解。

這位嬰兒確實很胖；有雙重的下巴，眼睛瞇成一條線，手和腳好像用胖蘿蔔相接起來。這個嬰兒被放在座椅上坐著。看了一陣子，他好像只能坐，還不會扶東西站立，大概身體太重的關係，還有，他也不大想動，不像我，坐不住。

護士小姐指導媽媽說：

「這個小孩每天吃三次稀飯，每次三碗。做媽媽的必須像那一位母親，要有耐心。小孩不吃，要跟著小孩，一定把小孩該吃的食物，全部餵食完。」

我從來沒受過這麼大的侮辱：人生的目的不在胖。做人如不發揮他的活力，那生命有什麼意思？我不胖是因為我好動、活力充沛。

那個小彌勒佛不會放手站三秒鐘吧？也不會打翻湯、摔破碗盤吧？他不過是坐著猛吃東西的人而已。那為什麼他是健康兒童，我就不是呢？把一個人的價值，用重量來評價，哪有這樣的道理？除非鄉下人養豬公參加比賽。

平常媽媽已經充分給我營養，我極力地消費那些營養變成我的活力。有這樣的正常關係和作用，我才有瀟灑的身材。雖然十一個月的嬰兒平均體重要八點九公斤，但那是像我這種充滿活力的嬰兒，和像那位胖寶寶連活力都沒的人的重量加起來平均的。如果我只有平均的活力，也許我就該有平均的重量。可是，我的活力是超出平均的狀態，這是我的榮耀。

那一位護士都沒看到我的好處，只因為體重沒達到平均數字，就認定我不健康，還說媽媽沒有耐心。這怎麼可以！

嬰兒的健康檢查，要是忽視嬰兒的活力，那是形式而不務實際的檢查。如果醫護人員一看嬰兒的臉，就問他的月齡，然後說幾個月就應該有多少的體重。說實話，這種健康檢查根本就不用專業人員來做，甚至於由機器就可以取代了。

目前，胖小孩特別地多，可能那些孩子的媽媽們，是根據體重來做健康的尺度；重量不夠的，就讓小孩子多吃。要這樣的話，那不簡單？回鄉下去問老人家怎麼養神豬豬公就好了，他們的答案一定讓有這樣想法的媽媽們滿意。

郊遊

我們是一家三口的小家庭，照理說機動性很大才對，但是爸爸答應媽媽，帶我們去海邊玩的事，竟然讓媽媽許了三個月的願才實現。當然，爸爸一延再延，一定有小職員的苦衷，不然媽媽也不是那麼容易放他干休。因為他們是戀愛結婚的。不過能夠如願，對許願者總是一件愉快的事，媽媽也就不計較爸爸的支票脫期。

本來爸爸計畫我們要早一點出門，他說假日往郊外的車子多，能早一點出門才不會塞車。七點的時候爸爸就要媽媽把我吵醒，媽媽不答應，她說我沒有睡飽的話，整天都不對勁。媽媽算是相當了解我了。他們等到八點，照媽媽的想法，我也該醒過來，可是看我的樣子好像睡得正酣。爸爸焦急地說：

「太晚出去就不好玩了，塞車會塞得很厲害。我想夠了，可以把毛毛吵醒了。」

「一個小時都等了，再等一下有什麼關係？」媽媽看到爸爸坐立不安的樣子，「你報紙還沒看完嘛。」

「車流啊你慢十分都會差很多哪。這傢伙到底怎麼了？」爸爸故意在我的小房間，把說話的聲音提高。

「還不是因為你，昨天晚上你帶我們上陽明山看臺北的夜景，看到那麼晚才回來。」

「昨天晚上毛毛好興奮，兩隻眼睛張得比平時還要大，好像天上又多了兩顆明亮的星星。」爸爸好像忘了急著要出門。

「又來了，大詩人，你才興奮哪。昨天晚上你詩興大發，害我們晚回來的。」

「你說我那幾首詩棒不棒？」

「我怎麼曉得，你指哪一首？」

「你聽聽這一首。」爸爸唸起來了。

夜晚，我
一手端著臺北盆地
一手握著阿基米德的長桿
撥落滿天的星星

將它聚集一處
因一時找不到更長的長桿
深邃的夜空
還留下倖存的三顆星星

「你說棒不棒?」爸爸很得意。

「我不喜歡倖存兩個字,有點破壞美感,甚至於可以不要。」

「哇噻!你真行!有道理有道理……」

爸爸媽媽又回到大學戀愛的時代,又文藝腔起來了。那時他們在同一個詩社,平時開口閉口都是詩。結婚以後詩已不是爸爸媽媽的橋梁,又不能當飯吃,所以他們好久不談詩了。這次又談起詩來,他們像遇見老友,驚喜得很。他們正要好好敘舊的時候,我醒過來了。

「毛毛醒了,我們要不要去?」爸爸有點改變了主意。

「要啊!為什麼不去?」

「有一點太晚了。」爸爸看看手錶說。

「去去去！現在就出發。」

媽媽以最快的動作把我準備好，提一只大袋子交給爸爸放在速克達的腳板上，我由媽媽抱著挨在爸爸的背後，迎著風，向東北角濱海公路出發。

假日臺北市內的道路通暢無阻，但是一到郊外，果然跟爸爸所料的一樣，沿途塞車。我們騎的是機車，還可以在車間鑽來鑽去，比汽車快了些。媽媽很不喜歡爸爸這樣的鑽法，她拿我的安全向爸爸提出抗議。

「只要你坐在後頭不嘮叨，我保證絕對安全。」爸爸已煩不過媽媽一路嘮叨和遇險尖叫。

「那你停下來，我走路好了，為了小孩子的安全，你說我嘮叨？」

「太太你看，前面的那一部機車，一家五口還不是這樣鑽？」

「我不管，別人是別人，我們為什麼要學人家呢？」

爸爸不再鑽車縫了，她也不再嘮叨了。可是這並不是他們互相得到諒解，而是從熱戰轉入冷戰。爸爸把氣從他的背部往後面的媽媽發，媽媽這一邊，將她的氣從她的胸部往前面的爸爸逼，他們互相都清楚地感覺到對方在運氣，使氣，攻擊對方。其實這也是武俠小說裡面的氣功，或是現在正盛行的氣功醫療法的氣功。所不同的是，爸爸媽媽正在運使的，是人人都會的負面氣功。它可能會傷對方，但更傷自己。年輕的小夫妻真有能耐，他們從八堵、瑞芳、濱海公路鼻頭角過龍洞一直到了澳底，約六十公里的路程，費時三個半小時，還在賭氣。最可憐的是第三者的我，我夾在他們座位的中間，一個往後使氣，氣要通過我，一個往前逼氣，氣也要通過我，並且他們的氣功都是這麼高強，這麼持久，我的身心成了他們氣功交會的戰場。難怪我沿途感到頭暈目眩，嘔心疲憊，心神不安，交戰中的爸爸媽媽已經忘了我的存在。

我們的機車很規矩地挨著車水馬龍跑，並且速度放得很慢，這也是爸爸氣功的另一支流，而媽媽故做無所謂狀，也是氣功的另一支流。到了澳底，其實在中途就有好幾次可以下來玩的地方。爸爸心裡想，媽媽不喊停，他準備一直騎，過了宜蘭蘇澳再到花蓮臺東吧。媽媽想，爸爸不找個地方停，就等著看他能騎到哪裡。這種情形，我是真的被遺忘了，看樣子我不尊重自己的尊嚴，表示我的存在是不行了。我嘔了幾聲，很不愉快地哭起來了。這一招果然有效，他們的氣功一下子就被我化解。爸爸把車停在路邊，下來關心我。媽媽氣得哭起來，並且不叫爸爸碰我。爸爸知道是他該讓的時候了，他站在一旁，看著媽媽替我整理我身上吐出來的胃糜，我很快地感到舒服起來。我們身邊車流很大，原來這裡是福隆。媽媽好像突然有一個靈機掠過，她抱起我往火車站走，隨爸爸在後面叫嚷也不理。爸爸追上來喘著氣說：

「我們不是要到海邊玩嗎？這裡就是福隆海邊啊！」

「去寫你的海洋詩抄吧！詩人！」

爸爸氣得站在原地不動，一方面看媽媽往火車站走，也知道媽媽的意思。同時想到我已經不舒服，回途也不該坐機車，能坐火車是最好的。經他自己這麼一想，他就放心了。

我們算是好運氣，不一下子火車就來了。媽媽買了一張往臺北的站票，但是一上火車，就有年輕人站起來讓位子。真是謝天謝地，也謝謝這位好叔叔。以後我長大了，我也要讓位子給他的老爸爸媽媽。我雖然不認識他們，但是我見了老人就讓位子，讓久了，總是會讓到這位好叔叔的雙親吧。

我是睡了，媽媽一路還是不能休息，我在她的懷中，聽到她不平的心跳聲，一直起伏到臺北，時而還聽到她深深的嘆氣。該死的爸爸，這次太叫媽媽難過了。不過我也知道爸爸那個人，他一定無法到哪裡去，他一定轉頭飛快地騎著機車趕回來。爸爸，你能盡快回來最好，但是可要小心。

我的期盼很快就實現了。我們到家不到一個小時爸爸已經衝到門口，靜悄悄地走進來，一句話都沒説，低著頭偷看媽媽，再走進小房間來偷看我。

媽媽也是詩人，他們都很敏感，爸爸那無言的舉動，媽媽已領略對方的歉意，所以她在爸爸的背後，小聲地說：

「毛毛睡了，不要吵他。」

那種輕聲細語，爸爸聽在心裡，覺得他的歉意被對方接受，他高興地回過頭對媽媽笑，然後說：「你看，毛毛眼睛張這麼大，哪有睡？」他們倆擠在一塊看我，那樣子真好玩，我好像躺在井底，井口有人探頭看我。

唉！不管結局如何，以後有人問我什麼叫郊遊？我的答案是：眉開眼笑出門，灰頭土臉回家。

夜哭郎

過去，每當爸爸下班回來，媽媽總是等不及地告訴爸爸，說我又學會了什麼把戲，例如我會吹氣泡，甚至於我被自己放屁聲嚇到的屁事，都要告訴他。

最近變了，爸爸一回來，媽媽就向爸爸投訴，說我打破杯子，拉下窗簾，玩自己的一灘尿水等等。爸爸仍然一樣，只要聽到我的事，是新鮮的，不管是正面的或是反面的，他都高興得很。他抱起我，吻我，還裝著生氣的聲音說：「你怎麼這樣不乖？打破杯子！來！打！打！打！打！」他抓著我的小手，打他的嘴巴。我樂得咯咯笑。爸爸停下來了，我還是伸出手要他再做一樣的動作。「打！打！打！」我覺得好有趣，但是爸爸好像不那麼想，他不玩了。這怎麼可以？我把手舉起來，要他再繼續玩下去。他把我的手推開，我很快又舉起來。爸爸拗不過我，又連續抓我的手打我的臉，打他的嘴巴，這樣做了有一陣子，我還是樂了一陣子，咯咯笑個不停。

「我受不了了。」爸爸一臉無趣的，把我塞給媽媽。

這怎麼可以？媽媽已經黏我一整天了，到爸爸回來之前幾十分鐘，是對媽媽覺得最膩的時候，這時候能換個人，那當然是爸爸，能和他玩一玩是最鮮的事。他才回來，跟我玩一下就叫受不了，把我塞給媽媽。這可不公平啊！

「喲——。我已經跟他耗一整天了，也該讓我喘一口氣啊！」原來媽媽也跟我有同樣的感覺。

爸爸又從媽媽的手中接過我，我笑臉迎著爸爸，我右手又高高舉起。「毛毛，饒了我吧。」

「都是你自己不好，喜歡跟他裝瘋裝癲，他才會覺得你好玩。活該！」

聽媽媽一講，爸爸故意裝得很嚴肅，故意不理我舉起右手玩打臉的請求。我還以為他一下子就會輸給我，可是這次他好像真的橫下心，不理我就不理我。媽媽看到了，她說：

「你這還不是裝瘋裝癲？我看你還能不理他多久？」

媽媽才說完，我收回右手，開始用雙手翻爸爸的嘴唇，我還湊近他的嘴巴，想看看裡面的究竟。爸爸放鬆嘴唇咬緊牙關，我只能翻動上下的嘴唇，使他的臉變形而已。其實這也已經很好玩了，我玩得很起勁。

「毛毛！不行！」媽媽把我的手拉開，又對爸爸說：「你把嘴巴閉緊不就好了嘛。」

爸爸的嘴唇也用起力來了，我翻不動，我用小指頭撬也沒辦法鑽進去。我看了看，看到兩個大鼻孔，我把小手指頭伸了進去。爸爸嚇了一跳，把臉轉過去，我隨著探身過去，他轉回來，我馬上跟上，這樣一來一往，又變成一種遊戲，我覺得好好玩。

事情總是這樣，當我才覺得好玩、來勁的時候，就是爸爸不想玩、受不了的時候。

「阿淑啊！快來救命啊！」

「你把他放到床上不就好了嗎？拿什麼給他玩嘛。」

爸爸把我放在床上，在我還沒要賴哭出來之前，他說：「來，爸爸給你這個。」他從口袋裡抓一把東西出來放在床上，他拿起一串鑰匙在手上搖一搖，誘惑我去拿它。留在床上的有三個十元的硬幣和打火機，我抓住一串鑰匙，學爸爸搖動。

「你過來一下！」媽媽端一只鍋叫爸爸：「你把底下的墊子放在桌上，我要放這一鍋熱湯。晚上吃火鍋。」

爸爸馬上過去幫忙。等爸爸和媽媽把火鍋安好在桌上之後，他們才交了一個眼色，媽媽往我這裡看就驚叫起來了。

「啊——！毛毛！」

因為爸爸給我的鑰匙不好玩，我開始注意到床上那三個圓圓的十元硬幣。它使我想到前些天，爸爸拿給我吃的金幣巧克力的滋味，那味道好棒。我一手抓住三個，統統都給塞到嘴裡去了。它的味道和爸爸給我的不能比，難吃死了，想吞下去卻又吞不下去。三個硬幣鯁不鯁地在喉頭打轉，令人感到嘔心欲吐。媽媽的一聲尖叫未完，她像超音速，人已經衝到我面前，一把抓住我的腳將我倒吊著提起來，這還不算，上下抖動。對我來說，這麼粗暴的舉動，怎麼不會嚇我大哭呢？

我自然張開口一哭，正要溜到咽喉裡去的三個硬幣，叮叮噹噹地掉下地來。

「那是什麼東西啊？」爸爸還留在火鍋旁發楞。

「都是你！你到底給了他幾個銅板？」

「我、我沒給啊。好像有三十塊放在床上。」

「看看地上掉出來幾個？」

爸爸過來看。「有三個！」

我哭得臉都發紫了，媽媽還把我倒提著，「真的是三個？」

「是嘛，是三個。」

「你放在床上的，三個十元沒錯？」

「那是買東西找的，不會錯。」

這時候媽媽才把我扶正，抱著我，又把手指頭放進我的口裡，探探有沒有別的東西留在那裡。我哭啊踢啊，可是媽媽的心腸竟然這麼硬，隨她弄個心安，才恢復慈愛，緊緊地抱著不諒解她的我，一邊拍著我的背，一邊口裡唸著：「媽媽對不起毛毛，媽媽對不起毛毛，……」最後還哭起來哪。我還沒有什麼所謂的年紀，我不懂我的媽媽，為什麼她一下子就變成母夜叉，又一下子變成慈母呢？我有的是時間，我可以等待，看她以後怎麼對我解釋。我受到的驚嚇和傷心，不是哭一兩聲就可以平衡的，讓我多哭一會兒吧。但是，等到事情過後，我還哭著的哭聲，卻變成針一樣，一針一針地刺痛媽媽的心。另一邊，被嚇得著了定神法一般的爸爸，看來像是楞在那裡，可是他已動容了，兩眼含著淚，正想移近我們母子的畫中。

經過這個倒吊事件之後，到了夜裡總覺得惶惶不安。在睡夢中，媽媽的那一聲驚慌尖叫，隨著我被提起來倒吊的情形，一再重演。我害怕，所以我在睡夢中大哭。我把爸爸媽媽吵醒，哭久了，樓上三樓的住家，又敲起地板咯咯表示抗議。爸爸怒目仰頭，握拳向上揮動。這樣連了三個晚上，媽媽在深夜裡，趁著把我哄騙睡了，她掛電話回娘家。

「媽媽，是我阿淑啦。這麼晚……」

「吵架了？」還沒完全醒過來的聲音。

「媽——，」小媽媽未語先哭。

「有什麼事慢慢說。」這次外婆醒過來了。

「毛毛連連哭了三個晚上，吵得我們都沒有辦法睡覺。怎麼辦？」媽媽飲泣著。

「你有沒讓他看到喪事？這孩子我替他找人看流年，他的命相當貴氣，好事歹事盡量不能讓他看到，特別是人家出殯的棺材……。」

「媽媽你不要跟我說這一些了。沒有看到什麼……」

「你不能不信啊！不然就是打著驚。大便是不是青屎？……」

「可能是嚇到了。……」

媽媽把我吞銅板的事件說了一遍。外婆聽了之後，具體地提供意見說：

「那是打著驚沒錯，你趕快寄一件毛毛平常穿的衣服回來，我拿去給我們這裡紅頭炎作法割刮，在他衣領上蓋個朱印就行了。快，快把衣服寄來，弄好我會送過去。有沒有聽到？阿淑！」

「聽到了，媽——……」

「你以前還不是一樣，我就是用這種辦法才把你養這麼大的。」

我又開始哭了。「啊！看！毛毛又哭了。……」

「快一點把他的衣服寄回來。」

媽媽掛了電話，用手壓著我的胸口，另一隻輕拍，用鼻音哼哼麻醉我，我帶著小小的愁眉苦臉又睡著了。

早上爸爸睡過頭，飯也不吃就上班去了。他出門前，嘴巴還嘰哩咕嚕著說：

「我吃不消了，再這樣下去，我會死掉。這孩子病了，今天一定要去看醫生。」

爸爸出門不久，媽媽就帶我去看醫生。時間雖然早了一點，但是病可不是有時間表的啊。媽媽抱我一跨進診所，我就知道慘了。我哭了。我哭了三個晚上之後的哭聲有些特別，所以把裡面的醫生叫了出來。

「這孩子的喉嚨都發炎了，有一點發燒。」醫生一邊摸一邊說。我一直在掙扎，一直抵抗。害得媽媽和醫生講話都得大聲一點才聽得到，媽媽把這幾天的情形說了一遍。

「這是受驚症。」

媽媽一聽之下，也嚇了一跳，「受精症」？怎麼會呢？「受什麼症？」媽媽問。病名多半是難懂的。「就是受到驚嚇的病症，神經質的一種病症。」

「要不要打針？」媽媽替我緊張。

「吃鎮定劑就可以了。」醫生說。

謝天謝地，不用打針了，醫生萬歲。

哪知道才慶幸不用打針，沒想到吃藥竟然是一件道道地地的苦事。媽媽把藥調在調羹裡面，笑臉迎著我說：「來，毛毛，好吃好吃給你吃。」

媽媽用同樣的一只調羹放糖水，讓我先嘗到甜頭，第二口馬上掉包，把放藥粉的調羹塞到我的嘴裡。天啊！這是詭計。這可難吃得舌頭都發麻了，我全把它吐出來，還大哭表示受辱抗議。

媽媽拿我沒有辦法，她自我安慰一下，認為我或多或少還是吃了一些，也就不再灌藥給我吃了。

下午，又來第二次的灌藥，結果一樣。

到了晚上爸爸回來了。媽媽有了援兵，連詭計的糖水也省了。爸爸捉住我，媽媽一手揑我鼻子，一手灌藥，我像殺豬般地叫，藥水嗆到了也不管。爸爸忍不住心痛：

「好了！不要再灌了！」

媽媽氣得回頭瞪他：「婦人之仁！」

聽說逼供也有這麼一招灌水的，這對大人都不准許的事，怎麼可以拿來對付我們嬰兒呢？這不是虐待兒童，是虐待嬰兒啊！注意！是嬰兒哪！

兩天後，外婆帶來一件我的新衣服來了。她要我馬上穿上它。媽媽說：「這衣服太大了。」

「你這烏鴉嘴，我又不是要毛毛穿好看的。叫你寄來，你又不寄來！還說。」

「我寄了！」

「我不知道，我沒收到。我也不能等了。」

人一失去信心，什麼都相信，媽媽在電話中不聽信外婆的那一套話，最後還是偷偷地把我的衣服寄去了。

「媽媽，你可不能讓他知道。」媽媽特別向外婆交代，不能讓爸爸知道我穿這件衣服的事。

「我明白了，他是一個生番我怎不知道。」

清明前夕

拜清明節之賜，爸爸有三天的假。假期未到之前，聽爸爸和媽媽談到有三天假期的時候，他們像小學生期待遠足一樣，興奮得很。爸爸說要帶媽媽去釣魚。媽媽說她怕蚯蚓，不要。

「我幫你勾蚯蚓。」

「不要。我連吃蚯蚓的魚都害怕。」

爸爸另外又提了幾個案，媽媽都沒那麼有興趣。不過媽媽對那三天假期的天倫時間，高度地抱著期待，好像那期待本身，就莫名其妙地讓媽媽嘴角往上翹。爸爸也一樣。可能在臺北的上班族，每天從上班到下班，日子過得呆板緊張，並且一個家庭只要有一個人這樣，好像家裡的人也會被感染這樣氣氛。特別像是我爸爸，我家。因此，一想到有比較長一點的假期，就反射出內心的期待和喜悅。

最後爸爸說要帶我們沿著花蓮到臺東的濱海公路玩，隨時隨地都可以到漁村和海邊玩。媽媽有興趣了。

「對了，傻瓜相機也要帶，毛毛好久沒拍照了……」媽媽說。

「你聰明，你也好久沒拍了。」

「我們不騎機車回去的吧？」媽媽擔心地問。

「從臺北到花蓮？」爸爸停了一下，望著媽媽：

「嘿！要不要創造紀錄？我們三個人。」

「我知道你敢。不過你瘋了！」

「那你為什麼提到機車呢？」

「你不是要帶我們玩花東濱海公路？」

「放心，我們可以借到車子的。」

爸爸告訴媽媽哪裡可以吃到小魚羹，哪裡可以看到仙跡等等。

「毛毛，你高興不高興？」爸爸用手撥弄我的小下巴。

我只覺得他用手指頭挑撥著我的下巴，好癢好舒服，所以笑起來。

「看！毛毛也同意了，他好高興哪。」

這已見怪不怪了，爸爸和媽媽，特別是做媽媽的，常常為她幼小嬰兒的進步撒謊。會站，就說會走；會走了，就說會跑；會跑，就說會跳；會跳，就說會飛了。再怎麼說，這也是屬於善意的美麗的謊言。因為那是慈母對子女的期待啊，誰有資格苛責她的一片春暉呢？

放假的兩天前，媽媽還特別請小阿姨幫忙，她們兩個人接力排隊，排了一個下午，才買到臺北到花蓮的兩張自強號的站票。為了這件事，媽媽就先累著等坐火車了。爸爸回來時，媽媽試探一下爸爸：

「我今天有點不舒服，後天要是病了，是不是可以不回花蓮？」

「如果不是很嚴重的話，還是忍耐一下，清明節最好要回去。我爸爸的墳墓修好了，我都還沒看過哪。」

「毛毛的感冒也還沒有完全好……」

「這一次清明節不能不回去。媽媽還說毛毛快週歲了，她準備了一些東西要給他，還要帶他到那裡去拜拜，不能讓老人家失望。」爸爸的話讓媽媽覺得有些強迫性，因而又勾起第一次和爸爸回花蓮時，被奶奶和伯母在背後數落她的情形。說什麼臀部太小，不會生小孩，身體太瘦弱了，一定是藥罐。

爸爸從媽媽臉上的表情，猜到媽媽心裡面的事。他有點緊張起來，生怕媽媽一翻臉，事情都僵住了。其實爸爸也不想太勉強媽媽，可是奶奶的要求，做人家兒子的爸爸也不敢違背。奶奶在電話回爸爸的話說：

「隨便你們了，你們不想回來就不要回來好了。平常不回來，連清明節，上你爸爸的新墳也不能回來。人家笑的不是笑我，是笑你啊！你還有親戚朋友在花蓮哪。……」

「媽——，」爸爸強裝笑臉給在旁的媽媽看。「我們明天的最後一班車回去，到花蓮天都亮了，你不用來接我們。要不要我們買什麼東西回去？好，知道了。再見。」

其實奶奶早把電話掛了，爸爸一面對空電話說話，一面裝給媽媽看，他畢竟不是演員，在這十六七度的天氣裡，他的額頭還冒出幾顆汗珠出來，真為難爸爸。奶奶和媽媽都能像爸爸那樣為他們設想的話，事情就不會那麼僵。我爸爸還是偉大。

媽媽是敏感而帶有點神經質的人，憑她的感覺，她洞察到爸爸粉飾太平的電話。因此，她要自己鎮定，反而顯得緊張，一杯湊近嘴巴的茶，因為手顫抖得厲害，媽媽趕緊把茶放回桌子，放下兩手緊緊握住。整個屋裡像安了即將爆炸的定時炸彈，突然安靜起來。我的敏感是來自嬰兒天生的本能，那凝重的空氣，害我想哭一哭，作弄一下大人都不敢。

當爸爸過去想跟媽媽商量一下清明節回家的事時，媽媽話搶在先說：

「我要回去上班！」

「這話怎麼說？」爸爸覺得很突然。

「怎麼會突然？你一個月賺兩萬六，房租就一萬二。這種陰影每秒鐘都罩在我們家，怎麼是突然？」

爸爸楞在那裡沒話說。

「一動就是錢、錢、錢。像這次為了清明回家掃墓，來回的車錢，還有其他事，我們就得花上五六千塊，這怎麼不叫我緊張，怎麼叫我不想上班呢？」

「啊——，我知道你這個女人，你就是為了以前媽媽跟大嫂嫌你幾句話，花蓮就變成你的禁地。她們說你屁股小不能生小孩，你現在不是生了一個可愛的毛毛了嗎？她們也愛得要命。還有說你瘦弱，一定是藥罐。但是，從我們結婚到現在，你除了生毛毛躺了幾天，你都沒害過病，為了病痛花過一毛錢哪。大嫂，還有媽媽，一個是藥缸，一個是藥甕，沒幾天就打針，沒幾天就吃藥，還說人家什麼的。」爸爸的話轉得妙，從「你這個女人」的氣話，就轉「屁股」、「可愛的毛毛」、「一個是藥缸，一個是藥甕」，說得媽媽的氣都消得差不多了。

「生毛毛躺的幾天，怎麼算是病呢？」

「是啊！所以說，你根本就沒生過病嘛。」他看媽媽綻出笑臉的時候，又說：「除了有點神經病之外。」說完趕快拿起一張凳子當盾牌。那樣子一定很滑稽，本來很不高興的媽媽都笑了。

「你才神經病。」

對我來說，爸爸媽媽的冷戰解凍，比起美蘇冷戰的解凍更重要。真是謝天謝地。

回花蓮那一天的傍晚，爸爸從公司回到家，就看到媽媽大包小包都打點好了，並且還有一張往花蓮的愉快笑臉。

「我也給媽媽買了一張電毯，她關節不好，電毯可以讓她睡好覺。」媽媽說。

「謝謝，謝謝。」爸爸感激地說。

「又不是要送給你，你向我謝什麼？」

廢話一大堆。不過有助情感的發展或是穩固，縱然是打情罵俏，廢話又有什麼不好？

因我們買的是站票，理該要站的。但是看每一節車廂都擠滿了人，就像撐到極點的香腸，什麼時候都有可能爆出來。爸爸抱著我向媽媽小聲地說，像逃難。上車前，媽媽還很樂觀地說，車上有座位的年輕人，看到我們抱毛毛時，一定會讓位給我們。上了車之後，事實證明沒有那麼一回事，並且車上帶小孩不只我們一家，還有比我更幼小的弟弟和妹妹，也有比較大的，火車才跑到八堵，就開始吵嚷著要下車回家。坐在座位上的旅客，閉著眼裝著睡著。哭鬧的小哥哥任憑他的爸爸媽媽怎麼哄騙都沒用，只越哭越大聲，那些裝睡的人，鎖緊眉頭，表示討厭。突一聲「啪！」小哥哥的哭聲靜止了，接著是大人爭吵。

「你打他幹什麼？」小孩的媽媽問。

「我沒把他丟出車外就好了！」小孩的爸爸叫。

「神經病，我說以後再回來，你偏要今天。」

「好了！不要再講話。」

小哥哥又哭了。車上的人擠得沒有辦法動彈，大人爭吵聲音又嚇了鄰座小孩，而引起他的哭。哭聲對小孩子來說，相當有感染性。其他小孩子都哭起來了，我當然也哭，我還是小孩啊。這個車廂至少也有十一、二個小孩，我們就像黎明前的公雞，只要有一隻先叫，其他地方的公雞也跟著啼叫。不過公雞的啼叫，會把東方叫白，我們的哭啼，並沒有把車外的黑暗和紛雨叫晴。一切只有無奈的，讓小孩子哭累了，睡著了。但是，大部分都是往花蓮，所以還有得哭，有得叫哪。哭吧！

我看我們的社會是不怎麼關心小孩的，比如說像這種節慶的長假，一定有人會帶小孩外出或回爸爸媽媽的故里，為什麼不考慮留位子給帶小孩的媽媽呢？古人說：清明時節雨紛紛，下一句現代人可要改為：車上旅客氣斷魂。當然這還包括高速公路一百二十萬輛大塞車。

學步車

清明節的三天休假，說真的，只有假哪有休？從花蓮回到臺北，爸爸媽媽都累壞了，何況我還是一個小嬰兒？還好？我們只是累壞了，要是生一場病那可就掃興。

目前在臺灣，像我爸爸媽媽這種國內的移民族，就是說以前住在鄉下，後來為了生活移居到都市組織新家庭的，著實為數不少。每到年節，不管是公路、鐵路或是國內航線的飛機，人、車、機擠得稠稠，使高速公路變成慢速公路，都是這些國內移民的年輕人，趁假趕著回家，看老爸老媽的孝行所形成的。可是也有不少人是說服不了家鄉的老人家，應命勉強帶幼小的孩子，跋山涉水趕回家。要不然，有些老人會說話。特別是娶了他們不識的，或是他們老人家沒看上眼的媳婦！遇到這種情形就會說：「呃！養你大了，你現在是某（妻子之意）的孩子了，連小孫子也不帶回來讓我們看看。」這樣對兒子說話的老人家，大部分都是不了解年輕人在都市生活的情形。很多年輕人怕聽到在鄉下的雙親，說出理該怎麼怎麼的這種話，常常夫妻打著冷戰強裝笑容，帶著什麼還不知道的小孩，長途奔波。

其實，有時候的假期，如果是由老人家離開鄉下，到都市來看看兒子媳婦還有小孫子的話，這麼一來，可以解決好多的問題。

一、年輕夫妻不會為了到底要不要回家而發生不同意見爭吵，或是賭氣。

二、小嬰兒、小孩子免以長途奔波，累壞生病。

三、公路、鐵路和飛機航線，就不會發生人、車、飛機擠得稠稠的；因為年輕的回鄉下，都是舉家行動的，很不方便。老人家到都市，最多兩個，少則一個，並且不開車。所以，由老人到城裡探親，車、路各不擁擠，進城回鄉都可以買到車票。何樂不為？

唉！我雖叫毛毛，其實我的胎毛早就掉光了。人家說嘴巴無毛，說話不牢。有誰會聽我的高見？我說了等於沒說，不管大人的事了。不過大人的糊塗，常常連累我們小孩，真是豈有此理。

像我爸爸，他最近一直要我學走路。上個月就替我買了一雙新鞋，是軟皮的白鞋，常常和他的大黑皮鞋擺在一起，起先他看了就心滿意足。最近，有點恨鐵不成鋼，一有空就要我放手走向他。我扶著牆壁走幾步，他還嫌笨。不知他以前像我這麼大的時候，到底是怎麼樣的一副德行。昨天他下班回家的時候，帶回來一部吊椅四輪學步車。我可以坐在吊椅上，腳可以著地，圓框的四角有四個輪子。坐在裡面，愛直走就直走，倒退就倒退，要橫行、要霸道都可以的這種助行輪椅車。我媽媽怕我被蚊子咬，四周用一條浴巾把它圍起來，遠看我好像穿蓬裙一樣。

剛開始我還覺得好玩，因為我除了向前走不會之外，倒退橫行左右都行。他們兩個看我動就笑，還笑我說是螃蟹。不過說也奇怪，我想向他們走去，卻沒有辦法辦到，我跨出右腳，輪椅車就向左偏去，停下來，跨出左腳時，輪椅車就向右偏去，用雙腳蹬，卻往後退。後來輪椅車能走動並不能滿足我，我對輪椅車不聽使喚感到不耐煩，但是爸爸和媽媽並沒有察覺到。最後我終於忍不住，急出性子來大哭一場。他們還覺得我有脾氣了，哭得很可愛。為什麼他們不去懷疑是不是輪子的靈活有了故障？他們相信大人做的事、做的東西。我們小孩子永遠是不懂不對的，特別像我這種嬰兒，還有什麼對不對可言？

有了助行輪椅車之後，今天上午和下午，媽媽都利用很長的時間，把我放在上面，去洗她的衣服，看她的電視節目，洗頭。還好，沒他們在前面誘我過去，我橫著走也可以。但是在臺北小職員租的房子裡，哪有空間讓我橫行霸道？並且走一走就走進桌子底下卡住了。等媽媽來解放，那都是我氣得半死的時候。所以這樣折磨了一天，我磨出脾氣來了。還有我大腿內側兩旁，已經感到火辣辣的，為什麼媽媽替我換尿布片的時候，不察有異？

才下班不久的時間，爸爸就到家了，為的是要我坐輪椅車給他看。他一進門就問媽媽：

「毛毛今天會不會向前走？」

「還是不會，不過橫著走可以走很遠了。有時候會走進桌子底下走不出來。我故意不幫他，看他會不會自己走出來，結果他走不出來不打緊，氣得大叫還跺腳哪。」

「真的會跺腳？」爸爸笑著問。

「真的啊！我也嚇了一跳，像大人一樣。」

「怎麼這麼可愛！」

「這小孩不得了，這麼小就有脾氣。可能遺傳你的。」媽媽說。

「不會啊，我的脾氣很好，大概是你。」

「我才沒你那麼『衰』咧！」

這兩位大人可真遜斃！小孩子，特別是嬰孩哪有出生就壞脾氣的？要不是他買了一部幫不了別人走路的輪椅車，還有讓人常卡在桌子底下出不來，還有吊椅懸得太高了一點，我的嫩皮怎麼磨得過塑膠皮呢？還有長時間把我放在裡面讓我蹬。很累啊！大人——。

「阿淑。我中午在公司午覺的時候，還夢見毛毛跟我在公園一塊走在草地上散步哪！」

「你已經說了三次了。」

「真的，今天又夢見了。」

「你想瘋了。」

爸爸抱著我說：「來！我們去散步。」他一手抱我，一手提著輪椅車往樓下走。

「阿淑，你要不要來？」

「我等一下就來，你們先去。」

爸爸嘴裡哼著「哥哥爸爸真偉大」，一路走到樓下，那一位好為人師的奧巴桑也在那裡無事晃。

「哇！毛毛要學走路啦。來，來，走走看。姨婆先抱一下。」

爸爸把我遞給她說：

「當心尿尿。」

「沒關係，尿尿好吉兆。」

媽媽也衝下來了。她手上拿著我的鞋說：

「鞋子沒穿就下來，來，穿鞋鞋。」

他們替我穿鞋我就知道，他們要我坐輪椅車學走路。我不願意，但是腳一被抓住，鞋子就強被套進去，還用一條鬆緊帶綁住，我踢也沒辦法踢掉。但是當爸爸抱我，要把我放到椅子裡面的時候，那可不容易。當他把我垂下來的腳要放進椅子裡時，我就把腳移到椅子外邊。他試了又試，有時快放進去的時候，我腿一縮一踢輪椅車就跑了。我哭著不肯坐，鄰居太太也抱著自家的孩子圍過來看熱鬧。

「喲喲喲！你爸爸買賓士的車給你你不要！傻孫子。」自稱姨婆的那個老女人說。

「很懂事哪，你孩子。」有一位年輕的媽媽向我媽媽說。

「很糟糕，這麼小的小孩子，脾氣這麼大。」媽媽心裡得意地說。

他們讓我休息了一下，又試著要來。我還是一場不屈服的抗爭。我雖然贏了，但是沒有贏到尊嚴，他們只覺得我太莫名其妙，帶念我是小小孩，讓了我。我才不屑人讓評評理嘛！

晚飯後，爸爸抱著我坐在二手貨的沙發上，還有媽媽，我們一起看華視的包青天。其實是他們兩個在看，特別今天是五月十日，鍘王爺到底鍘了沒有？再不鍘，爸爸和媽媽都有怨言了。我們看到一半的廣告，爸爸很沒有信心地說：「今天還要拖，不會鍘。」

「再不鍘趙王爺，那就沒意思了。」

他們只關心今天會不會了結，因而，我樂得把一塊豆沙麵包，糟蹋得亂七八糟，也不見他們有什麼動靜。爸爸身上、沙發上、地上，我的身上、頭上，不是豆沙餡，就是麵包屑。

結果，節目結束前，趙王爺被鍘了，媽媽還拍手。我想喊冤叫屈，同時也想將我的輪椅車捐獻給包青天做刑具也都來不及了，我準備好的告狀也用不著了。不過我可以說給大家聽一聽：

「包青天包大人：冤枉啊！人家的爸爸是兒子的大玩偶，我卻是爸爸的大玩偶。」

我有喜事

我週歲了。

住在花蓮的奶奶來了。她帶來一件新衣服給我，這件衣服是極普通的不普通衣服。她說當地的紅頭老道士師公添仔，已經八十歲的高齡了，平常做法事都交給小孫子他們去做。可是這次奶奶特別請老師公添仔親身出馬，為這件衣服作法唸咒，最後在領子的背面加蓋了朱砂大印，穿上這樣的衣服可以保平安。奇怪？怎麼沒有人想到？趁這一位道高萬丈的老師公添仔還在世，看哪一家專門做小孩子的成衣廠，請老道士去替所有的產品作法唸咒，加蓋朱砂大印，讓這些衣服件件成了鐵布衫和金鐘罩，小孩穿了保平安。這豈不變成媽媽們的搶手貨？自創品牌？這還不簡單！

南部的外公外婆也來了。自從爸爸和媽媽結婚的時候見了面，這次是他們第二次見面。其實他們老人家都鬧著，要見面隨時都可以，但是爸爸媽媽的婚事，開始時因為奶奶不是很贊成的關係，外婆和外公覺得女兒受到羞辱，心裡很不平。最後雖然結婚了，雙方面之間還是有那麼一些不對勁。媽媽坐月子和我彌月的時候，爸爸和媽媽都很小心安排他們老人家到家裡來，要他們不碰頭。可是這次爸爸和媽媽商量，老是讓老親家不碰頭也不是辦法，並且時間也過了一年多，我也週歲了，長得又討他們喜歡，相信他們心裡的那一份不對勁，早也退了才對。所以在我週歲生日的時候，就安排他們碰面。外公外婆帶來一頂縫了一塊金八卦的錢帽和一隻小鞋，說是包頭包腳，錢財貫頂。另外他們提了兩袋蔬菜來，外婆說雨災，電視上說臺北菜價很貴，這些菜可以吃幾天。

媽媽很高興，心裡面又緊張。兩家親家見面，寒暄幾句，很快就歸沉靜。媽媽居間引起幾個話題，都沒有辦法持續。時間過得特別慢，家裡又沒有多出來的房間，客廳又那麼小，大家只有擠在那裡，像刺蝟，我的刺扎你，你的刺扎我。外公和外婆還好，兩個人還可以隨便講講話，不然就找媽媽搭一搭，奶奶自己想她只有自己一個，甚至於想跟媽媽說些什麼，也突然覺得不對勁。大家一沉默下來，屋子裡就像藏有一顆炸彈。媽媽的神經質讓她覺得十分緊張，好在奶奶自己找到一個平衡點，她向媽媽要我過去讓她抱。我又不怕生，換個人抱抱也很鮮。

媽媽向他們說，她要出去買點東西，很快就會回來，請大家隨便喝喝茶吃點東西。

「我跟你去好了。」外婆說著也站了起來。

「不用不用。」媽媽焦急地說：「你們都留在家裡，外面車子多，你留在家裡，我很快就回來。」她還向外婆眨眼。但是外婆不知道她的意思。

「好了好了，你們都去走一走，我和毛毛留在家裡。臺北我常來，你去吧。阿淑，順便帶你爸爸媽媽去逛逛。」奶奶笑著說。

外公也站起來了。媽媽撐不住內心的緊張，她略微大聲地向外公和外婆說：「你們倆怎麼搞的，我說很快就回來啊。」換了一口氣，「現在我哪有時間帶你們去逛街？我很快就會回來。」

外公外婆雖然不能完全明白媽媽的意思，但也知道媽媽不願人家跟她一起去。奶奶也覺得太為難了媽媽，盡量縮回身上的刺。不過這樣綳緊的空氣，我們嬰兒非常敏感，這時候覺得只有回到媽媽的懷抱，最為安全。媽媽還沒走我就突然哭起來，奶奶哄我都沒用，媽媽一抱我我就不哭了，害奶奶又失去一次面子。

「毛毛不乖，奶奶抱有什麼不好？」媽媽又向他們說：「沒關係，我抱他，我出去一下就好了，很快就回來。」她的話越說自己越覺得不對，他們聽起來也越覺得不自然。

在外頭，媽媽找到公共電話，馬上就打電話給爸爸。

「喂！你今天能請半天假嗎？他們老人家在家裡僵得我都快發瘋了。」媽媽說。

「都怪你緊張兮兮的……。」

「我也知道不要緊張，但是他就緊張。你再不回來，我也不敢回去。」

「我現在不能馬上走。這樣好了，我們那一次不是說要買一部錄放影機嗎？你現在就去買，然後去租豬哥亮的餐廳秀，多租幾支，他們鄉下來的都喜歡看。他們看影帶不講話也沒關係。晚上還有包青天，沒有問題，日子很好過。快照我的話去做。」

「那你呢？」

「我再一個半小時就回來。」

聽了爸爸的話，媽媽的心跳緩和下來了。媽媽跑到電器行選了一部錄放影機，同時又到錄影帶店租了五支豬哥亮的餐廳秀，帶著笑容踏進家門。客廳裡只有外公和外婆。

「奶奶呢？」外婆說上廁所。

「來，我們來看豬哥亮的餐廳秀。」媽媽把裝錄影帶的袋子一放，來裝錄影機的人也帶機器來了。那人很快地裝好機器，租來的帶子一試放，畫面也非常清晰。外公和外婆一下子就被餐廳秀吸引住了，但是還不見奶奶出來。媽媽問外婆才知道奶奶從媽媽抱我出去的時候就進去了。媽媽去敲廁所的門，奶奶在裡面應話。

「媽——，快出來看豬哥亮的餐廳秀。」

「好，你們先看，我就出來。」

小客廳一下子充滿了陣陣的笑聲，爸爸也回來。看到一室和樂的樣子，爸爸偷偷給媽媽比個ＯＫ的手勢。然後爸爸跟老人家一一打招呼之後，爸爸再也引不起他們的注意，大家注意力全給秀吸住了。爸爸走到裡面，媽媽抱我跟著進去。

「看！我說得沒錯吧。」爸爸得意地說。

「一萬二拿來！」

「沒問題，欠一下。對了，這冰淇淋蛋糕把它放到冰箱裡。還有我切了一些便菜：有牛肉，有……」

「我媽媽不吃牛肉！」

「還有別的啊，有香腸、海帶、豆腐干、雞肉、花生好多好多。我看你炒個青菜，和做一樣湯就夠了。」

「還有時間，你到附近餐館叫一道青菜，和一道湯，再加上一條魚好嗎？」媽媽問。

「你不想做？」

「不是。我想我今天會弄不好。我怕媽媽會嫌我做不好，我不敢。你媽媽嫌我的話，我爸爸和媽媽會難過，會不好意思。去買好不好？」

「好，好！」爸爸小心責備地說：「阿淑，你真有病！亂緊張，亂緊張。你想太多了。這樣下去你會瘋掉的。」

「好嘛，我知道我有病。」

「唉！那何不帶他們到外面吃？」

「但是，你已經買了大部分的菜了。」媽媽說。「就在家裡吃。」

他們很愉快看完了四支帶子，也很愉快地吃了晚餐，最高潮的節目是我要戴錢帽、穿新衣和新鞋，胸掛餅串收涎，最後再來洋式的切蛋糕。

媽媽替我穿戴好，人還在裡面，在客廳的人都聽到媽媽笑個不停。等我們一出來，大家都明白，媽媽為什麼笑的答案，因為我打扮起來的模樣叫人好笑。爸爸見了我就說：

「喲！好像小殭屍。」

「亂講！」媽媽說。

好在爸爸說殭屍兩個字是用國語說的，要是老人家聽懂的話，不拿刷馬桶刷子刷爸爸的嘴巴才怪。

爸爸猛按傻瓜相機。我看了他伸出雙手要他抱，爸爸禁不住笑著說：「不是我亂講，你看嘛，看他像不像……」

「好了！」

奶奶說臺北的鄰居都是陌生人，現在只好自家人替毛毛收涎了。我胸前的餅少了好幾塊，下巴也被刮了好幾次，每次張開嘴巴，只看到他們把餅往自己的嘴裡送。閃光燈閃個不停。媽媽說：「留幾張拍吃蛋糕的。」

爸爸把蛋糕端出來，中間點了一根小蠟燭。奶奶叫起來了：「不行不行，要點紅蠟燭！」

「蛋糕店給我的就是這支黃的啊。」

「不行！」

「不能開玩笑，一定要紅的。」外婆認真地說。

「現在的少年人像生番。」奶奶補充著說，然後和外婆相對笑笑。

「沒有的話，不要算了。」

「對，對。不要好了。」奶奶又附和說。

爸爸和媽媽難得見到親家一致，他們互相看了一眼，就把蠟燭拿掉了。

蛋糕本來我就有一份，我抓在手裡幾乎就往臉上抹，爸爸看上我的花臉，他放下蛋糕，拿起相機對準我。但是奶奶搶先一步，把我的花臉擦了。「媽——，」爸爸叫了一聲，我的臉已不花了。「花臉才可愛，怎麼把它擦了？」爸爸用奶油塗我的臉。

「哎唷！你真番，好好不照，偏要把小孩子弄成怪模怪樣！」外婆也搭上來。

老人家拗不過年輕人，他們也覺得好玩，也就不堅持了。

「來！大家集在一起，我來給你們拍照。」

我讓奶奶抱著跟大家拍一張。我讓外婆抱著跟大家拍一張。我讓媽媽抱著跟大家拍一張。還有媽媽拍我們的，外公拍我們的。爸爸那一天總共拍了兩卷底片。

過了些天，外婆看了照片，打電話來說，團體照要放大一張。同時奶奶也來電話，說同一張也要放大一張。

我覺得很有意思，我的週歲生日，給親家帶來東西親家一家親。

聯合文叢◎黃春明作品集⑨ 482

毛毛有話

作　　者／黃春明
發 行 人／張寶琴

總 編 輯／李進文
責任編輯／黃榮慶
資深美編／戴榮芝
封面題字／黃春明
封面撕畫／黃春明
篇章頁視覺／黃國珍
校　　對／陳維鸚　林美音　張晶惠
業務部總經理／李文吉
行銷企畫／李嘉嘉
財 務 部／趙玉瑩　韋秀英
人事行政組／李懷瑩
版權管理／黃榮慶

法律顧問／理律法律事務所
　　　　　陳長文律師、蔣大中律師

出 版 者／聯合文學出版社股份有限公司
地　　址／（110）臺北市基隆路一段178號10樓
電　　話／（02）27666759轉5107
傳　　真／（02）27567914
郵撥帳號／17623526 聯合文學出版社股份有限公司
登 記 證／行政院新聞局局版臺業字第6109號
網　　址／http://unitas.udngroup.com.tw
　　　　　E-mail:unitas@udngroup.com.tw

印 刷 廠／瑞豐實業股份有限公司
總 經 銷／聯合發行股份有限公司
地　　址／（231）新北市新店區寶橋路235巷6弄6號2樓
電　　話／（02）29178022

出版日期／2010年 5月　初版
　　　　　2016年10月17日 初版四刷第一次
定　　價／280元

ISBN 978-957-522-876-7（平裝）

國家圖書館出版品預行編目資料

毛毛有話／黃春明著. --
初版. -- 臺北市 ：聯合文學. 2010.05
200面：14.8×21公分. --
（聯合文叢 482；黃春明作品集 9）

ISBN 978-957-522-876-7（平裝）

855 99004116

黃春明作品集

09